SOMMAIRE

Ari Uehara

DRIN
Notre PARADIS 01
AH!
...
HA...
HN...
AH! AH!

HYAH ♡
AH !
SH
SH
HN ! ♡
SH
BORDEL...
C'EST UN COUPLE À CÔTÉ.
CRÉTINS.
MAIS SI...
HA...
ALLEZ...
HA
UAH... ♡♡♡
HN ! ♡
BAM
!
HN ♡
HA...
HA...
TH
HUH
UAH...
HN
AH ! ♡
HA...

FFH
TSH
TSH
SS
SHH
TSH
TSH
UH...
SHUP
NNP
NNP
SHUP
SHUP
SHUP
SHUP
SHUP

CLAC
HÉ, LE PERVERS !
T'AIMES ÇA, PROFITER DES ÉBATS AMOUREUX DES AUTRES ?
GILIPOLLAS !
NAHOKO, TU VEUX VOIR LE VISAGE D'UN PERVERS ?
HEIN ?
IL N'A PEUT-ÊTRE NULLE PART OÙ ALLER.
...
OH, UN PAPILLON.

POUR UN PUCEAU OTAKU QUI VIT DANS UN CYBERCAFÉ,
T'AS PLUTÔT DU GOÛT.
ABUSÉ.
!
HA
GN
HÉ HÉ
HOP
FWOUP
FWOUP
MOI AUSSI, J'AI UN TATOUAGE.
POUF
TU VEUX LE VOIR ?
?
REGARDE.
IL EST BEAU, HEIN ?
OUI...

TU
T'ES FAIT TATOUER LÀ PARCE QUE...
TU AIMES...
QU'ON T'EMBRASSE LE DOS ?
...
BEURK.
DIS, NAHOKO,

QU'EST-CE QUE TU LUI TROUVES ?
OUPS, DÉSOLÉ.
BOM
PFUH
MES BELLES JAMBES SONT SI LONGUES.
HAHA
OUTCH
QU'EST-CE QUE NAHOKO AIME CHEZ CET OTAKU DÉGUEU ?
C'EST BLESSANT POUR MA FIERTÉ DE GIGOLO.

DEPUIS CE JOUR, NAHOKO A DÉCIDÉ PAR CAPRICE DE ME LOGER CHEZ ELLE, ÇA FAIT UN MOIS.
JE COMMENCE À M'HABITUER À CET APPARTEMENT DE HAUT STANDING (HAUT DANS TOUS LES SENS DU TERME).
LE CIEL SEMBLE SI PROCHE.
UN OISEAU ...
LUI, C'EST LE GIGOLO QUI ÉTAIT LÀ AVANT MOI.
J'AI...
QUOI ?
DU MAL...
À LE SUPPORTER.
QUOI ? ME DIS PAS QUE T'ES TOMBÉ AMOUREUX DE MOI ?
ÇA SERT À QUOI QUE T'AILLES DEHORS POUR FUMER
SI TU FERMES PAS LA FENÊTRE ?
HEIIIN ?!

NAHOKO M'A SEULEMENT DIT « D'ALLER SUR LA VÉRANDA POUR FUMER ».
IL EST VRAI QUE PHYSIQUEMENT, IL EST SUPERBE.
UN BEAU VISAGE, DE LONGUES JAMBES,
DONC ME DIS PAS CE QUE JE DOIS FAIRE !
MAIS J'AI DU MAL À ME FAIRE À LA VIE AVEC LUI...
LORSQUE NAHOKO EST AU TRAVAIL.
HUM... ÇA ME SAOULE D'ÊTRE BLOND, QUELLE COULEUR JE POURRAIS ME FAIRE ?
HÉ ☆ HÉ
TU SORS À PEINE DE CHEZ LE COIFFEUR.
TU N'ARRÊTES PAS DE DEMANDER DE L'ARGENT À NAHOKO.

TES FRAIS D'ESTHÉ-TICIENNE,
TES CIGA-RETTES,
LE PACHINKO...
C'EST PAS PARCE QU'ELLE GAGNE BIEN SA VIE ET QU'ELLE EST GENTILLE QUE TU PEUX PROFITER D'ELLE.
ON DÉPEND D'ELLE. IL FAUT QU'ON ÉVITE D'ÊTRE DES FARDEAUX.
GROS DÉBILE.
FFFH
C'EST PARCE QU'ON EST LÀ QUE NAHOKO FAIT DE SON MIEUX TOUS LES JOURS.
ÇA LUI PLAÎT QU'ON SOIT DES FARDEAUX POUR ELLE.
ON EST SON ÉNERGIE,
SES AILES.
...
QU'EST-CE QUE JE RACONTE ?

MOI JE LE SUIS,
PAS TOI.
CRÉTIN À LUNETTES.
HYAH HA HA
OUAIS JE PEUX VRAIMENT PAS LE SACQUER.
NAHOKO, JE SUIS PAS ASSEZ BEAU POUR QUE TU PUISSES ÊTRE FIÈRE DE MARCHER DANS LA RUE À MES CÔTÉS.
JE SUIS PAS NON PLUS CAPABLE DE SORTIR DE BELLES PHRASES D'AMOUR QUI FONT PLAISIR,
MAIS JE NE SUIS PAS UN PROFITEUR COMME LUI.
CLAIREMENT

Je me suis endormi.
ALORS FAIS DE MOI TA CHOSE.
JUSTE MOI.
SMACK
NAHOKO, JE REVIENDRAI TE RÉVEILLER DEMAIN MATIN.
TAP
TAP
HÉ, SALE INSECTE.
NAHOKO DORT ?
FSHH
OUI.
TRÈS BIEN.
...
NAHOKO NOUS APPELLE SELON SON BON DÉSIR DANS SA CHAMBRE.

LA SALLE DE BAIN, LES TOILETTES ET LE SALON SONT LES PARTIES COMMUNES.
IL EST INTERDIT D'ENTRER DANS SA CHAMBRE ET DANS LES AUTRES PIÈCES SANS PERMISSION.
C'EST LA SEULE RÈGLE DE NAHOKO.
VOILÀ DE QUOI EST FAIT NOTRE ÉTRANGE QUOTIDIEN.
TU M'AS RAMENÉ MON CADEAU ?
UN DE SES SOUS-VÊTEMENTS ?
HEIN ?
TU ÉTAIS SÉRIEUX ?
BAH OUAIS !
ALLEZ, DONNE !

PAS QUES-TION !
C'EST DU VOL !
HMPF
JE VEUX JUSTE L'EMPRUNTER.
TU PASSES TON TEMPS À NOUS PRENDRE NOTRE LINGE SALE POUR LE LAVER.
TU NOUS PIQUES NOS AFFAIRES ET TU DIS QUE JE SUIS UN VOLEUR ?
MAIS...
TU EN FERAIS QUOI ?
HÉ
ÇA ME SEMBLE ÉVIDENT !
PFF, T'ES AGAÇANT !
VIENS LÀ !

QU'EST-CE QUE...
...
TU SENS NAHOKO.
SNIF
!
SMACK
HN...
QUE...
TU AS AUSSI UN PAPILLON
À L'AVANT, ALORS.
HEIN ? OUI...
SMACK

ELLE T'A EMBRASSÉ LÀ...
TOUT À L'HEURE ?
JE... JE NE
SAIS PLUS.
QUEL EST...
TIENS TON T-SHIRT.
SMACK
QUEL EST CE DRÔLE DE SENTIMENT DE SUPÉRIORITÉ, NAHOKO ?
BRR
UH...
SLUPP
BRR
HN...
UHN
J'AI DU MAL À COMPRENDRE...
WOW...
HÉ, L'INSECTE !

JE SENS UN TRUC DUR.
TU BAN-DES ...
HÉ !
ÇA VA PAS, NON !
HA
EUH...
JE VOULAIS JUSTE TE TAQUINER !
T'ES VRAI-MENT IDIOT !
IDIOT !
GRR
TU PENSES QU'AU CUL OU QUOI ?
TU PEUX PAS ÊTRE UN GIGOLO EN ÉTANT AUSSI CON.
TU ME FOUS LES BOULES.
TU CROIS QUE C'EST UN JEU ?

MAIS TU LE
CHÉRIS DEPUIS
PLUS LONGTEMPS
QUE MOI.

S'IL TE DISAIT CE
QUI S'EST PASSÉ,

TU M'EN
VOUDRAIS
SÛREMENT.

もぞ…
BONNE NUIT.
PFF...
NAHOKO,

HÉ…
DÉSOLÉ D'AVOIR PENSÉ QUE JE NE POUVAIS PAS LE SAQUER.
HN ?
QUOI, SALE INSECTE ?
COMMENT TU VEUX QUE JE T'APPELLE ?
ET DÉSOLÉ AUSSI D'AVOIR LE CŒUR QUI BAT, MÊME SI JE SAIS PAS BIEN POURQUOI.
HUM…
J'AIMERAIS BIEN QUE TU ARRÊTES DE M'APPELER « SALE INSECTE », D'AILLEURS.
ON DEMANDERA À NAHOKO DEMAIN.
ON EST À ELLE, APRÈS TOUT.
AH BON.
OUI.
END

Notre
PARADIS
02
VIOUUH
TOP
TOP
TOP
VIOUUH
FSHHH
OUF
PFOUH !
JE DÉTESTE PAS FAIRE LE MÉNAGE.
EN FAIT,
HM...
ÇA FAIT SIX MOIS QUE NAHOKO M'A RECUEILLI, ALORS QUE J'ÉTAIS AU FOND DU TROU ET QUE JE VIVAIS DANS DES CYBERCAFÉS.
JE ME SUIS FAIT À LA VIE D'HOMME ENTRETENU.

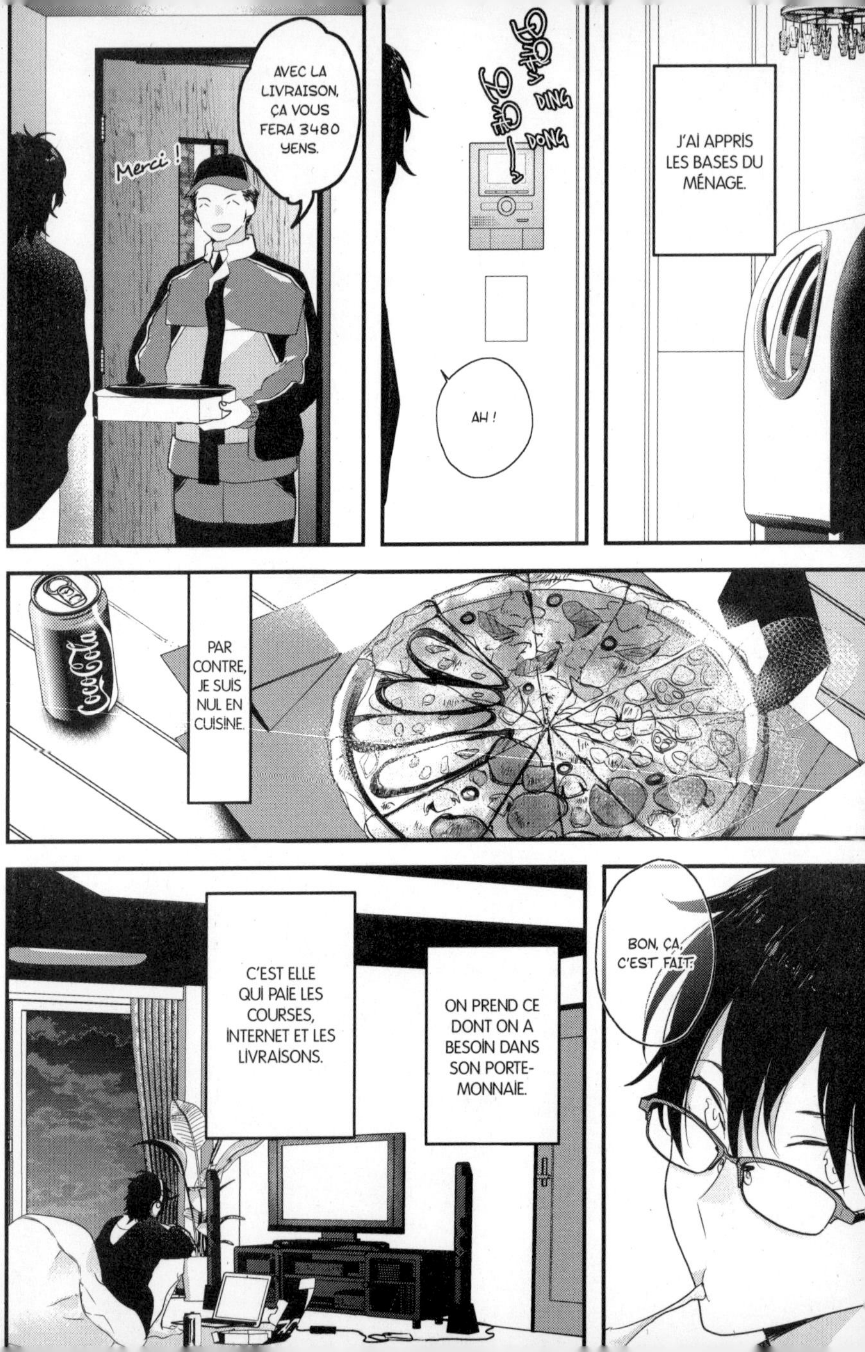
J'AI APPRIS LES BASES DU MÉNAGE.
DING DONG
AH !
AVEC LA LIVRAISON, ÇA VOUS FERA 3480 YENS.
Merci !
PAR CONTRE, JE SUIS NUL EN CUISINE.
Coca-Cola
BON, ÇA, C'EST FAIT.
ON PREND CE DONT ON A BESOIN DANS SON PORTE-MONNAIE.
C'EST ELLE QUI PAIE LES COURSES, INTERNET ET LES LIVRAISONS.

POUR TOUT LE RESTE, IL Y A CET AUTRE GIGOLO QUI ME REMPLACE PENDANT QUE JE RESTE CLOÎTRÉ.
BONSOIR !
BONSOIR.
JE SUIS RENTRÉ !
HÉ HÉ, J'AI GAGNÉ PLEIN DE TRUCS !
FRSH
C'EST RARE.
IL DÉPENSE DE L'ARGENT DANS DIVERS JEUX, COMME LE PACHINKO.
UN PEU PLUS D'ENTHOUSIASME ! ♥
GH...
IL NE FAIT PAS LE MÉNAGE POUR « STIMULER L'INSTINCT DE PROTECTION DE NAHOKO ».
IL N'ÉCHANGE JAMAIS LES PRIX QU'IL GAGNE CONTRE DE L'ARGENT.
CUP MEN

* HIKIKOMORI : TERME DÉSIGNANT DES INDIVIDUS VIVANT RECLUS CAR SE SENTANT MAJORITAIREMENT INAPTES À VIVRE EN SOCIÉTÉ

AH ?
MOI, ELLE ME DONNE L'IMPRESSION D'ÊTRE UNE PERSONNE RESPONSABLE QUI SAIT
SE MÉNAGER.
ENFIN,
HOUP
J'Y PENSE, TU LUI PARLES SOUVENT QUAND ELLE EST AU BOULOT, HEIN ?
TSH
EN AP-PARENCE OUI.
AU MOINS, JE M'HABITUE UN PEU À LUI.
OUI,
JE LUI ENVOIE DES MESSAGES D'ENCOURAGEMENT...
OU JE DISCUTE AVEC ELLE PENDANT SES PAUSES.
OOH !
BRAVO ! ♥

MOI, JE SUIS MEILLEUR EN FACE À FACE.
JE SERAIS PAS CAPABLE DE FAIRE DES TRUCS PAREILS !
NYOUW
TU NOUS AIDES BIEN !
VRAIMENT ?
Tu m'écrases
OUPS
FH
AU DÉPART, JE ME SUIS DEMANDÉ POURQUOI, COMPTE TENU DU FAIT QU'AVANT, JE POUVAIS PAS LE SUPPORTER.
TU PENSES BEAUCOUP À ELLE, EN FAIT.
MOUAIS.

C'EST NAHOKO ?
OUI.
AH, ENCORE UNE FOIS, ELLE RENTRE PAS AUJOURD'HUI.
HM... AH BON.
BOUH
DANS CE CAS, JE SORS. À PLUS.
HOP
JE PRENDS UN PEU D'ARGENT.
MAIS OÙ TU VAS ? IL EST TARD !
HM ?
VOIR DES FILLES.
J'AI BESOIN DE TIRER MON COUP.
QUOI ?

DEPUIS QUE T'ES LÀ, JE LA VOIS PLUS QU'À MOITIÉ...
ET EN PLUS, ELLE RENTRE PLUS BEAUCOUP.
DANS CE GENRE DE CAS, JE VAIS M'AMUSER AVEC DES PROS.
COMME ÇA, JE PEUX REVENIR AUPRÈS DE NAHOKO FRAIS ET DISPO.
DE QUOI ?
BAH
BLAM
OUAAH !
QUE...
IDIOT !
COMMENT TU PEUX LA TRAHIR !
GAAAH
GN
GN
ELLE ME LE REPROCHERA PAS, C'EST PAS SON GENRE !
LÂCHE-MOI !
PAF

C'EST PAS UNE QUESTION DE REPROCHES,
MAIS DE PROTÉGER SES SENTI-MENTS !
CE QUE T'ES LOURD !
GN
COMMENT TU VOIS TA PRÉSENCE ICI, DANS CE CAS ?
« SENTI-MENTS » ?
« TRAHI-SON » ?

ELLE M'AVAIT MOI, ET POURTANT, ELLE A QUAND MÊME TENU À TE FAIRE VENIR ICI ! COMMENT T'EXPLIQUES ÇA ?
MOI, J'AI FAIT BONNE FIGURE, JE T'AI ACCUEILLI SANS RIEN DIRE !
ON EST TOUS LES TROIS AU-DELÀ DE LA TRAHISON ET DE LA LOYAUTÉ !
T'AS QUOI À RÉPONDRE À ÇA ?
PFF...

VIENS PAS ME CHERCHER DES NOISES SI T'ASSUMES PAS DERRIÈRE.
PIG...
TU FAIS QUOI ?
T'AS TROUVÉ QUE ÇA POUR CAMOUFLER LE FAIT QUE T'AS RIEN À RÉPONDRE ?
DÉ...
DÉSOLÉ.
« DÉSOLÉ » ? TU FAIS LE GENTIL, MAINTENANT ?
T'AS DU CULOT, INSECTE DE MERDE.

C'ÉTAIT QUOI CE BAISER DE GOSSE, EN PLUS ?
C'EST COMME ÇA QUE TU L'EMBRAS-SES ?
...
LAISSE TOMBER.
BAH
BOM
T'AS CASSÉ MON ÉLAN.
DODO.

PFH
…
HÉ.
QUOI ?
…

VA AUX TOILETTES.
NON, C'EST BON.
…
ÇA TE FAIT RIEN DE RESTER DANS CET ÉTAT ?
MOI JE M'EN FOUS, MAIS BON…
もぞ…
TU POURRAIS FAIRE EN SORTE QUE JE T'EXCITE PAS ?
…
ON EST TOUS LES DEUX DANS UNE SITUATION PRÉCAIRE…
ET T'EN RAJOUTES…
ALORS QU'ON A AUCUN ESPACE VITAL.

ÇA ME MET MAL À L'AISE.
DÉ... DÉSOLÉ.
DONC...
TODOM
?!
QUOI ?
GNN
TODOM
QU'EST-CE QUE...
FH
FH
PRENDS UN MOUCHOIR.
GYUP
FH
UHN
FH
GNN
BRR
VU QUE JE SAIS QUE TU VAS RIEN FAIRE,
BRR
UH
HN...
JE VAIS T'AIDER
HN...
BRR
UH
AVEC MES PIEDS.
TU VOIS ?
FH

HA...
HA...
ÉCARTE LES JAMBES.
GAH... ♡
BRR
GROUILLE-TOI DE JOUIR.
GN
SWIP
HA...
BRR
GN
TWIP ♡
SWIP
GN
Elle est plutôt grosse.
APRÈS, ON POURRA ENFIN DORMIR TRANQUILLE.
AHN... ♡
UUH
HA...
UUH
SH
GN
BRR
AAH!
IIH!
UUH
GH
UUH
BRR
BRR

AAH… CRÉTIN.
ESSUIE-TOI.
HA
FH
BRR
HA
HA
BRR
…
ALLEZ, BONNE NUIT.

UH
M... MOI AUSSI,
HA
GN
JE PEUX TE...
FH
HA
TE TOU-CHER ?
UH
N'EN PROFITE PAS.

TU ME DÉGOÛTES. T'ATTACHE PAS...
OU JE TE BUTE.
NAHOKO,
SI TU RENTRES ET QUE JE SUIS DANS TA CHAMBRE,
C'EST PARCE QUE J'AVAIS FROID. C'EST LUI LE COUPABLE.
RENTRE, S'IL TE PLAÎT.

HÉ !
Réveille toi
J'AI FAIM.
ÇA FAIT TROIS SEMAINES QU'ELLE N'EST PAS RENTRÉE.
AVANT, ELLE LISAIT LES MESSAGES, MAIS N'Y RÉPONDAIT PAS.
MAINTENANT, ELLE NE LES LIT MÊME PLUS.
AVANT, ELLE NE REVENAIT PAS PARCE QU'ELLE FAISAIT DES HEURES SUPP' OU PARCE QU'ELLE ÉTAIT EN DÉPLACEMENT, MAIS...
APRÈS TROIS JOURS SANS NOUVELLES, J'AI EU PEUR QU'ELLE AIT EU UN ACCIDENT.
HEIN ? TU AS SA CARTE DE VISITE ?
J'EN AI EM-PRUNTÉ UNE.
JE NE SAVAIS PAS QU'IL ÉTAIT CAPABLE DE TENIR CE GENRE DE CONVERSATION.
EXCUSEZ-MOI, JE SUIS LE RESPONSABLE DE XXX... OUI, TOUT À FAIT.
J'AURAIS AIMÉ DONNER SUITE À MA CONVERSATION AVEC...

ELLE EST EN RÉUNION EN VILLE.
VRAI-MENT ?
ILS DISENT QU'ELLE REVIENDRA À LA BOÎTE CET APRÈM.
ÇA VEUT DIRE QU'ELLE VA BIEN AU TRAVAIL.
CLAC
ALORS POURQUOI ELLE RENTRE PAS ?
...
QUI SAIT ?
IL ÉTAIT ÉTRANGEMENT CALME.
IL AVAIT L'AIR DE SAVOIR QUELQUE CHOSE ET AVANT QUE JE RÉUSSISSE À LUI POSER DES QUESTIONS, NOUS AVIONS DÉJÀ UTILISÉ TOUT L'ARGENT QUI RESTAIT.
CLAP
NAHOKO...

NAHOKO...
...
HÉ,
ON VA BOUFFER
DEHORS ?
HEIN ?
TU CRÈVES LA DALLE, NON ?
ON N'A RIEN MANGÉ
DEPUIS HIER.
MAIS ON N'A PLUS D'ARGENT.
SI.
LES PRIX DU PACHINKO.
C'EST DE L'OR À L'INTÉRIEUR.
MÊME SI ÇA RESSEMBLE À UN JOUET.
GOLD19

CLAC
CLAC
PLAF
PLAF
WOW !
T'EN AS PLEIN !
JE RAMÈNE PAS LES PRIX NORMAUX ET ÇA M'EST DÉJÀ ARRIVÉ DE GAGNER BEAUCOUP.
PLAF
HA...
SI ON LES RAMÈNE CHEZ UN PRÊTEUR SUR GAGES,
ÇA DEVRAIT LE FAIRE.
MÊME SI C'EST CONTRE MON CODE DU GIGOLO.
TU VEUX QUAND MÊME LE FAIRE ?
AH...
PAS LE CHOIX.
C'EST UN CAS D'URGENCE.
OUI.
ALLEZ, PRÉPARONS-NOUS À SORTIR.

PRENDS TA CARTE D'IDENTITÉ. ÇA NOUS SERVIRA
CHEZ LE PRÊTEUR SUR GAGES.
TU VEUX PAS UTILISER LA TIENNE ?
MA PHOTO DE PASSEPORT EST MOCHE.
C'EST LA HONTE.
PRENDS TOUS TES PAPIERS.
T'ES RESTÉ ENFERMÉ TOUT LE TEMPS,
MAIS IL FAIT FROID DEHORS.
ALORS HABILLE-TOI BIEN.
?
QUOI ?
RIEN.

C'EST JUSTE QU'IL EST VRAIMENT BEAU,
TON PAPILLON.
QU'EST-CE QUE TU RACONTES, D'UN COUP ?
ROUGIT
EN PLUS, MOI, IL ME PLAÎT PAS VRAIMENT.
POUR-QUOI ?
CLING
CLING
PARCE QUE.
TWIP
MOI, J'ADORE MON QUETZAL.
TON QUOI ?
C'EST PAS UN PERRO-QUET ?
TU ME CHERCHES ?
C'EST UN OISEAU TRÈS POPULAIRE DANS LE PAYS OÙ JE SUIS NÉ.

HEIN ?
AU FAIT,
TU SAIS PAS QU'IL Y A PLEIN DE MÉTIS JAPONAIS EN AMÉRIQUE LATINE ?
IMAGINE PAS QUE JE VAIS TE LAISSER M'EMBRASSER LE DOS.
HUHU
!?
EUH...
JE PENSAIS PAS À ÇA !
IDIOT !
AHAHA
HAA
JE RIGOLE !
C'EST LA PREMIÈRE FOIS QUE JE LE VOIS RIRE POUR DE VRAI.
NAHOKO...
JE SUIS VRAIMENT UN IDIOT.

AH.
AU FAIT,
ÉCRIS À NAHOKO POUR LUI DIRE QU'ON QUITTE TOUS LES DEUX L'APPARTEMENT.
QU'ELLE SE DEMANDE PAS POURQUOI C'EST VIDE AU CAS OÙ ELLE RENTRE.
AH OUI.
IL NE FAUDRAIT PAS QU'ELLE S'INQUIÈTE.
KSH
VOILÀ.
CLAP
JE N'AVAIS ENCORE ABSOLUMENT RIEN COMPRIS...
À CE MOMENT-LÀ.
IL FAIT PAS SI FROID !
JE SUIS BIEN TROP COUVERT !
AH BON ?

AU MOINS, ON A RÉUSSI À ÉCHANGER L'OR SANS PROBLÈME !
HYAHHAHA
JE PENSAIS PAS QUE ÇA VAUDRAIT AUTANT D'ARGENT.
ÇA RAPPORTE PAS MAL, LE PACHINKO.
JE POURRAIS ESSAYER...
WOUP
LAISSE TOMBER.
TU VEUX MANGER QUOI ?
C'EST MA PREMIÈRE ET DERNIÈRE INVITATION, ALORS...
CHOISIS CE QUE TU VEUX.
DES NOUILLES EN SACHET.
HEIN ?
BEN... T'AS RÉUSSI À TROUVER DE L'ARGENT.
MAIS ON NE SAIT PAS QUAND NAHOKO VA RENTRER.

ON FERAIT PAS MIEUX DE PAS TROP DÉPENSER ?
...
ON AURA BEAU ATTENDRE, NAHOKO NE REVIENDRA PAS.
ELLE NOUS A...
LAISSÉ TOMBER.
C'EST QUELQU'UN QUI AIME FAIRE PLAISIR AUX GENS.
ELLE A PEUR DE FLANCHER SI ELLE NOUS VOIT.
ALORS ELLE ATTEND QU'ON PARTE DE NOUS-MÊMES.
QUOI ?

C'EST PAS VRAI !
POURQUOI ELLE NOUS L'AURAIT PAS DIT DIRECTEMENT ?
PARCE QU'ELLE SAVAIT QUE TU N'AURAIS PAS ACCEPTÉ
SI FACILEMENT.
ELLE A DÛ AVOIR PEUR QUE JE LUI SORTE DE BEAUX DISCOURS ET LUI FASSE PERDRE SA RÉSOLUTION.
C'ÉTAIT PRUDENT
DE SA PART.
JE SAIS QUE C'EST NUL ET PAS MORAL, MAIS
J'AI FAIT MES RECHERCHES QUAND ELLE A COMMENCÉ À S'ABSENTER.
UN SUPÉRIEUR LUI A PRÉSENTÉ QUELQU'UN ET ELLE VA SANS DOUTE SE MARIER.

IL EST PAS TROP TARD.
ON... ON PEUT ENCORE LA CONVAINCRE...
DE NOUS ENTRETENIR TOUTE NOTRE VIE ?
T'ABUSES.
MAIS JE TE LE REPROCHE PAS.
JE T'AI DIT QU'ON ÉTAIT SES AILES.
MAIS LES GENS QUI ONT DÉCIDÉ DE VIVRE LES PIEDS SUR TERRE EN ONT PAS BESOIN.
ON RETOURNERA PLUS DANS CET APPARTEMENT.
J'AI PRIS LA CLÉ, MAIS JE LA LUI ENVERRAI.
ABAN-DONNE.
JE VAIS TE DONNER DE L'ARGENT.

ALLEZ, À PLUS.
CLING CLING
GNN
CLAC CLAC
DONG
CLONG
BOOM
TULULULUH
BONG
CLAC
CLAC
PFF...
J'ai plus de billes.

JE LUI AI LAISSÉ TROP D'ARGENT.
QUAND J'Y PENSE, JE ME SUIS MIS À SOUVENT GAGNER, APRÈS SON ARRIVÉE.
...
ÉVIDEMMENT, IL EST PARTI.
BON, À TOUS LES COUPS, IL EST RETOURNÉ À L'APPARTE-MENT.
JE M'INQUIÈTE PAS, JE VEUX JUSTE L'ARGENT.
HUM...
C'EST TOUT.
HUM...
OUPS !

DÉ...
DÉSOLÉ !
Bon week-end ! ♡
Hé Hé ♡
IL EST UN PEU SAOUL.
SWIP
SWIP
ÇA SUFFIT, MAINTENANT !
POF
LAISSE TOMBER !
JE PEUX PAS VIVRE.
JE PEUX PAS VIVRE SI NAHOKO NOUS A ABANDONNÉS.
BIEN SÛR QUE SI.
ON VA CONTINUER À VIVRE.
PERSONNE N'EST IRREMPLAÇABLE DANS CE MONDE.

LES GENS SONT TOUS DES BIENS DE CONSOMMATION.
ON L'EST.
NAHOKO L'EST AUSSI.
C'EST MUTUEL.
C'EST POUR ÇA...
QU'ON PEUT CONTINUER À VIVRE.
LAISSE TOMBER.
HABITUE-TOI.
JETTE LES GENS.
ET...
NAHOKO !

ELLE EST RENTRÉE, JE LE SAVAIS !
NAHOKO !
JE...

NAHO-KO ?
QU'Y A-T-IL ?
GN
BAH
GN
EXCUSEZ
MON AMI !
IL EST JUSTE UN PEU SAOUL !
JE VOUS ASSURE.
NE FAITES PAS ATTENTION À LUI !
?
C'EST VRAI QUE C'EST LA FIN DE SEMAINE, BEAUCOUP DE GENS TRAÎNENT.
NAHOKO, JE VAIS TE RACCOMPA-GNER
JUSQU'À TA PORTE.
NAHOKO ...

J'ÉTAIS PERSUADÉ QUE C'ÉTAIT TOI QUI T'ACCROCHERAIS À MOI EN M'IMPLORANT, NAHOKO.
ABRU-TI.
TES BRAS QUAND TU ME PRENAIS CONTRE TOI ÉTAIENT SI CHAUDS.
ILS ONT BLOQUÉ MES AILES.
END

NAHOKO RENTRE ENCORE PAS CE SOIR.
PASSE-MOI LE TÉLÉPHONE.
HOLA
MARIANA,
JE VOULAIS SAVOIR COMMENT ÇA ALLAIT.
J'AI ENVIE DE PASSER TE VOIR,
MAIS BON, LÀ...
ÇA VA ÊTRE COMPLIQUÉ, J'AI PAS LE TEMPS.
MAIS TE FAIS PAS AVOIR PAR UN AUTRE MEC PARCE QUE TU TE SENS SEULE, HEIN ?
JE T'AIME.

WING,
TU DIS TOUJOURS ÇA AUX FEMMES OU QUOI ?
C'ÉTAIT MA MÈRE.
DÉSOLÉ.
J'ÉTAIS PERSUADÉ QUE C'ÉTAIT UNE HÔTESSE DE BAR.
OUI, ET ?
QUAND J'Y VAIS, ELLE PEUT FAIRE UNE BONNE SIESTE TOUT EN ÉTANT PAYÉE.
SAUF QU'ILS VEULENT PLUS QUE J'Y AILLE, J'Y VAIS TROP, ÇA FAIT FUIR SES CLIENTS HABITUELS ET ÇA CASSE LE BUSINESS.
DONC J'ÉVITE.
DANS CE CAS, POURQUOI TU LUI DIS PAS LA VÉRITÉ AU LIEU D'INVENTER ?
EUH...
NON, RIEN.
HUM ?

J'AIMAIS NAHOKO...
À MA FAÇON,
Notre PARADIS 03
MAIS JE LUI EN VEUX TOUT AUTANT ...
MIOM
...
DE M'AVOIR REFILÉ CE FARDEAU.
MANGE.
ÇA LE FAIT PAS DU TOUT.
MIOM
...

GRRR
PFFF
HÉ HÉ
JE TE DIS DE MANGER.
ON DIRAIT QUE JE SUIS EN TRAIN DE TE MALTRAITER LÀ, ÇA LA FOUT MAL !
BORDEL !
...

ALLEZ.
BOUF...
FE !
C'EST BON POUR LA SANTÉ !
SS
PFOUH
T'ABUSES.
TU DEMANDES TROP D'AT-TENTION.

J'ESSAYE PAS DE T'APPRIVOISER.
ALORS T'ATTACHE PAS.
MIOM
KSH
MIOM
...
QU'EST-CE QUE TU VAS FAIRE, MAIN-TENANT ?
JE SAIS PAS.
MOI, JE POURRAIS ME FAIRE ENGAGER COMME VIGILE DANS DES MAISONS DE PASSE OU BIEN COMME CHAUFFEUR.
ON A LE LOGEMENT FOURNI.
JE POURRAIS MÊME EN PROFITER POUR ME RETROUVER UNE PATRONNE.

ET TOI ?
EMMÈNE-MOI AVEC TOI.
TU M'AS DÉJÀ APPRIVOISÉ.
JE ME SUIS DÉJÀ ATTACHÉ.
PRENDS TES RESPONSA-BILITÉS.
POF
CLAC

CLING
C'EST QUOI, CE REGARD ?
SS
SH
FFHH
KSH
FFH

ALORS COMME ÇA, TU FUMES ?
NAHOKO...
C'EST MA FAIBLESSE QUI L'INTÉRESSAIT.
JE CROIS QU'ELLE APPRÉCIAIT QU'ON AIT DES CARACTÈRES OPPOSÉS, TOI ET MOI.
C'EST POUR ÇA...
QUE J'AI TOUT FAIT POUR PAS BRISER L'IMAGE QU'ELLE AVAIT DE MOI.
C'ÉTAIT...
UNE SORTE DE TECHNIQUE DE SURVIE.
MAIS EN RÉALITÉ,
JE FUME,
J'AIME BIEN L'ALCOOL...
ET IL M'ARRIVE DE DIRE FRANCHEMENT CE QUE JE PENSE, SANS HÉSITATION.

SEULE-
MENT,
MAINTE-
NANT,
SNIF
ÇA N'A PLUS
D'IMPORTANCE.
...
CLING
MIOM
MIOM

T'AS DE LA FIÈVRE ?
HEIN ?
UH...
J'AI MAL À LA TÊTE.
PAF
BAH ?
ME DIS PAS DE PAS M'AT-TACHER SI T'AGIS COMME ÇA.
ROUGIT
ÇA... ÇA VA !
C'EST LE TABAC QUI ME DONNE DES VERTIGES.
BAH
ÇA FAISAIT LONGTEMPS.
JE VAIS VOMIR.
OK,
MAIS TU RISQUES PAS DE VOMIR GRAND-CHOSE.

...
BON.
SSH
HSS
TU LAISSES TOMBER
TON NOUVEAU CAMARADE ?
QUOI ?
IL A CHANGÉ DE COUPE, MAIS SA TAILLE, SA CORPULENCE
ET SURTOUT SA VOIX SONT RECONNAIS-SABLES.
J'AI DIRECT COMPRIS.
Matte ça.

C'EST LUI.
IL EST ASSEZ CONNU SUR LE NET...
SUR LES SITES POUR ADULTES.
AH...
ON DIRAIT BIEN QUE C'EST TOI.
SHH

TES CHEVEUX ONT PAS MAL POUSSÉ.
ÇA TE VA BIEN, LES LUNETTES.
VIENS PAR LÀ.
STOP !
VOYONS...
SÉRIEUX !
OUAH !
J'AI TROUVÉ TON TATOUAGE ! ♥
POURQUOI UN PAPILLON, D'AILLEURS ?
HU HU.

BIEN,
JE DOIS ENCORE VÉRIFIER AUTRE CHOSE ♥
TOURNE ENCORE SUR LE NET, IL EUT PAS EFFACER SON PASSÉ.
C'EST COMME UN TATOUAGE NUMÉRIQUE.
SON PARTENAIRE S'OCCUPAIT DES VIDÉOS. IL TESTAIT PLEIN D'IDÉES, ELLES AVAIENT BEAUCOUP DE SUCCÈS.
ET PUIS LEUR RÉPUTATION ONT FINI PAR DÉPASSER LE MONDE DU PORNO GAY, LES VUES ONT EXPLOSÉ.
ON RACONTE QU'ILS SE SONT FAIT PAS MAL DE FRIC.

ILS ONT FAIT DES VIDÉOS LIVE DU STYLE « ON EST AUX TOILETTES DE TEL PARC ! PREMIER ARRIVÉ PREMIER SERVI ! ».
IL LUI BANDAIT LES YEUX, PUIS LUI FILMAIT LE CUL APRÈS QUE PLUSIEURS PERSONNES LUI SONT PASSÉES DESSUS POUR LUI MONTRER... CE GENRE DE TRUCS.
MALGRÉ SA TÊTE DE BON GARÇON, IL FAISAIT TOUT CE QUE LUI DISAIT SON PARTENAIRE, ET CE N'IMPORTE OÙ. MÊME LES TRUCS LES PLUS SALES.
IL A FINI PAR DEVENIR UNE ICÔNE. LES GENS SE SONT MIS À SE DIRE QU'ILS LE BAISERAIENT S'ILS LE VOYAIENT.
TOC
LES RUMEURS DISENT QU'IL A ARRÊTÉ PARCE QUE C'ÉTAIT DEVENU TROP DANGEREUX
OU QU'IL A ÉTÉ VENDU AU PERVERS QUI PROPOSAIT LE PRIX LE PLUS ÉLEVÉ.

DEPUIS QU'IL N'Y A PLUS EU DE VIDÉOS IL Y A PLUS D'UN AN, UN TAS DE RUMEURS COURENT.
PFUH
T'ES AVEC LUI, MAIS TU SAVAIS MÊME PAS ÇA ?
GYAHHAHA
C'EST TROP MAR-RANT !
LE NET M'INTÉRESSE PAS.
T'ES UN ERMITE OU QUOI ?
ENFIN, C'ÉTAIT SUPER UNDERGROUND QUAND MÊME.
AU FAIT, VOUS AVEZ UN ENDROIT OÙ ALLER ?
AH, TU T'APPRÊTAIS À LE LAISSER ICI, C'EST VRAI.

FROTTE
FROTTE
DÉSOLÉ, ÇA A MIS UN PEU DE TEMPS.
?
IL RESTE AUTANT DE NOURRITURE
QUE TOUT À L'HEURE.
AH...
TU M'ATTENDAIS ?
NON, QU'EST-CE QUE JE RACONTE, ENFIN ?
QUOI ?

BON,
ON SE CASSE.
FH
HEIN ?
IL EN RESTE ENCORE PLEIN.
TAP
TAP
QU'EST-CE QUE JE FOUS ?
J'AI ENVIE DE MANGER PLUS LÉGER.
ALLEZ,
VIENS.
T'ES VRAIMENT CAPRICIEUX.
LA FERME, IDIOT.
QU'EST-CE QUE...
POURQUOI TU FAIS CETTE TÊTE ?
JE...
POUR RIEN.

J'AI CRU QUE TU ALLAIS PARTIR...
QUAND JE SUIS ALLÉ AUX TOILETTES.
JE FERAIS MIEUX...
JE...
DE LE...
LAISSER TOMBER.
JE SUIS CON-TENT.

SERRE
HA
EUH...
!

T'ES VRAIMENT...
TROP CON.
HÉ !
ATTENDS, TU MARCHES TROP VITE !
C'EST EXPRÈS.
TIENS.
MA PART.
POUR LE REPAS.
?
ÇA VIENT D'OÙ, ÇA ?
EUH...

AH...
POF
FROTTE
EUH...
HUM...
AH, PARDON.
HA
WOUP
OUPS...
HÉ...
DITES, VOUS DEUX...
DIS DONC !
BLA
ARRÊTE D'EMBÊTER LES GENS DANS LA RUE !
PARTONS.
BAH QUOI ?
EXCUSEZ-NOUS, NE FAITES PAS ATTENTION.
BLA
ME TIRE PAS COMME ÇA, JE VAIS TOMBER.
OUAAAH !

QU'EST-CE QUI SE PASSE ?
T'ES BIZARRE DEPUIS TOUT À L'HEURE.
TON VISAGE...
HEIN ?
NON, RIEN.
RESTE PAS PLANTÉ LÀ AVEC CET AIR DE MERLAN FRIT.
TU VAS TE FAIRE EMMERDER PAR DES GENS BOURRÉS !
T'ES CHIANT.
DÉSO-LÉ.
PFF...
SMACK
EMMÈNE-MOI AVEC TOI.

JE T'AI DÉJÀ DIT...
SMACK
QUE SI TU ME REFAISAIS CE GENRE DE TRUCS,
JE TE BUTERAIS.
ÇA ME VA.
SMACK
C'EST BON.
FAIS CE...
QUE TU VEUX.
SMACK

SWIP
DONNE-MOI TA
LANGUE.
HAA
HN...
GN
SMACK
UNE TECHNIQUE DE SURVIE...
FFH
IL FAISAIT DES TRUCS SALES.

IL OBÉISSAIT À SON PARTENAIRE.
?
N'IMPORTE OÙ AVEC N'IMPORTE QUI.
TU TE FOUS DE MOI ?

SERRE
...
ENFOIRÉ.
POUR QUI TU ME PRENDS ?
BAH
GUH
...
GH
UH...
KOF
KOF KOF
HA...
UAH...
HA...
HA...
HA...

...
ÇA T'EXCITE D'ÉTRANGLER LES GENS ?
TU BANDES.
NON.
QU'EST-CE QUE TU VAS FAIRE DE ÇA ?
UH
...
TU SAIS,
JE SUIS VRAIMENT DOUÉ.

LAISSE-MOI...
TE SUCER.
FAIS DE MOI CE QUE TU VEUX.
QUOI ?
TU POURRAS MÊME
ME TRAITER D'IDIOT, DE DÉCHET...
C'EST TOI QUI AS DIT QU'IL FALLAIT CONTINUER À VIVRE,
ALORS METS-MOI À TERRE, DÉTRUIS-MOI !
JE VEUX PAS RESTER À DEMI-MORT. FAIS-LE !

TWIP
ET ENFIN JE POURRAI RENAÎTRE !
JE T'EN PRIE !
!
...
JE SUIS PAS EN TRAIN DE DIRE QUE C'EST TOI QUE JE VEUX.
DIS, NAHOKO,

N'IMPORTE QUI...
QUI VOUDRA BIEN ME PRENDRE FERA L'AFFAIRE.
J'ARRIVE TOUJOURS À ME DONNER UNE CONTENANCE QUAND ON ME JETTE, ALORS...
LES GENS SONT TOUS DES BIENS DE CONSOMMATION,
POURQUOI...
N'EST-CE PAS ?
...
OUAIS.
ÇA ME FAIT MAL...

...
D'ENTENDRE ÇA ?
JE SAIS.
HOTEL EDEN
BORDEL,
TU VAS AVOIR AUSSI MAL QUE MOI.

HA
SH
TSHUP
HN...
TSH
TSH
TSH
OUP
SH
GLOUP
ÇA BON...
T'ES SUPER DOUÉ.
CARRÉ-MENT...
HN...
TSH
TSH
TSH
GLOUP
GLOUP

PLUS PROFOND ...
CLUP
HA...
ET T'ARRIVES À TE TOUCHER EN MÊME TEMPS, T'ES HABILE.
SHH
SHH
GH
ENCORE ...
TSHUP
SH
JE LE FAIS EN PENSANT ...
HA...
À LA PLUS GROSSE PARTIE DE TA BITE, À COMMENT ELLE VA M'ÉLARGIR,
ET PUIS JE ME DEMANDE JUSQU'OÙ LE BOUT VA TAPER.
HN...
UFH
VOILÀ
À QUOI JE PENSE.
HA
HMM

HN...
JE POURRAIS JOUIR RIEN QUE DE L'IMAGINER.
SHUP
IL ESSAIE DE M'EXCITER ?
HA...
BORDEL ...
TSHH
C'EST MOI QUI AI LE DESSUS,
GSH
GSH
?!
ALORS ARRÊTE ÇA.
HN...
SMACK
SMACK

UH...
SMACK
SLURP
SLURP
HA !
BAH
BORDEL !
GN
ATTENDS !
JE...
JE SUIS ENCORE ÉTROIT,
JE CROIS !
ET ?
JE VAIS T'ÉLARGIR AVEC MA BITE.
C'EST MEILLEUR, ÉTROIT.

BRR
UUH
BRR
BRR
GH
BRR
TSHH
GH
BRR
GH
UUH...
GH

HA HA...
AH
AH
HA...
GN
T'ES CHAUD À L'INTÉRIEUR.
LA TEMPÉRATURE DE TON CORPS EST ÉLEVÉE ?
UH
GAH
C'EST PARCE QUE JE SUIS UN HOMME !
GN
C'EST PAS COMME AVEC UNE FILLE... À CAUSE DE TA TAILLE ?
DES MUSCLES ?
UH...
AHN
UH
UH
UH

JE CROIS QUE ÇA ME DÉPLAÎT PAS.
HYAH
VLAM
AH !
VLAM
VLAM
AH !
UH
HNN !
UH
HN...
EN-LÈVE
TES MAINS ...
UAH...
ALLEZ !

BRR
MONTRE-MOI TON VISAGE PENDANT QUE TU JOUIS.
HAA
HAA
J'VEUX PAS...
AH
BRR
GRR
PAS DE « J'VEUX PAS » QUI TIENNE !
C'EST TOI QUI AS VOULU TE FAIRE DOMINER.
TU VAS ME FAIRE DÉBANDER À FAIRE LE CHIEUR !
PAF
GN
LAISSE-TOI FAIRE UN PEU !
GN
PAF
BAM
NON NON NON !
POF
POF
HAA
T'ES VRAIMENT
STYLÉ.
BRR
BRR
HAA
SNIF
NYOUP
C'EST PAS JUSTE.

HEIN ?
Re-garde pas...
...UH...
UH...
ROUGIT
C'EST QUOI CE MEC ?
JE SAIS TRÈS BIEN QUE JE SUIS STYLÉ.
ET T'AS PAS BESOIN DE CES LUNETTES.
IL EST ABUSÉ.

TE LAISSE PAS AVOIR.
IL EST MALADIVEMENT DÉPENDANT DES AUTRES.
OK, C'EST BON !
ME LE FAIS PAS REGRETTER !

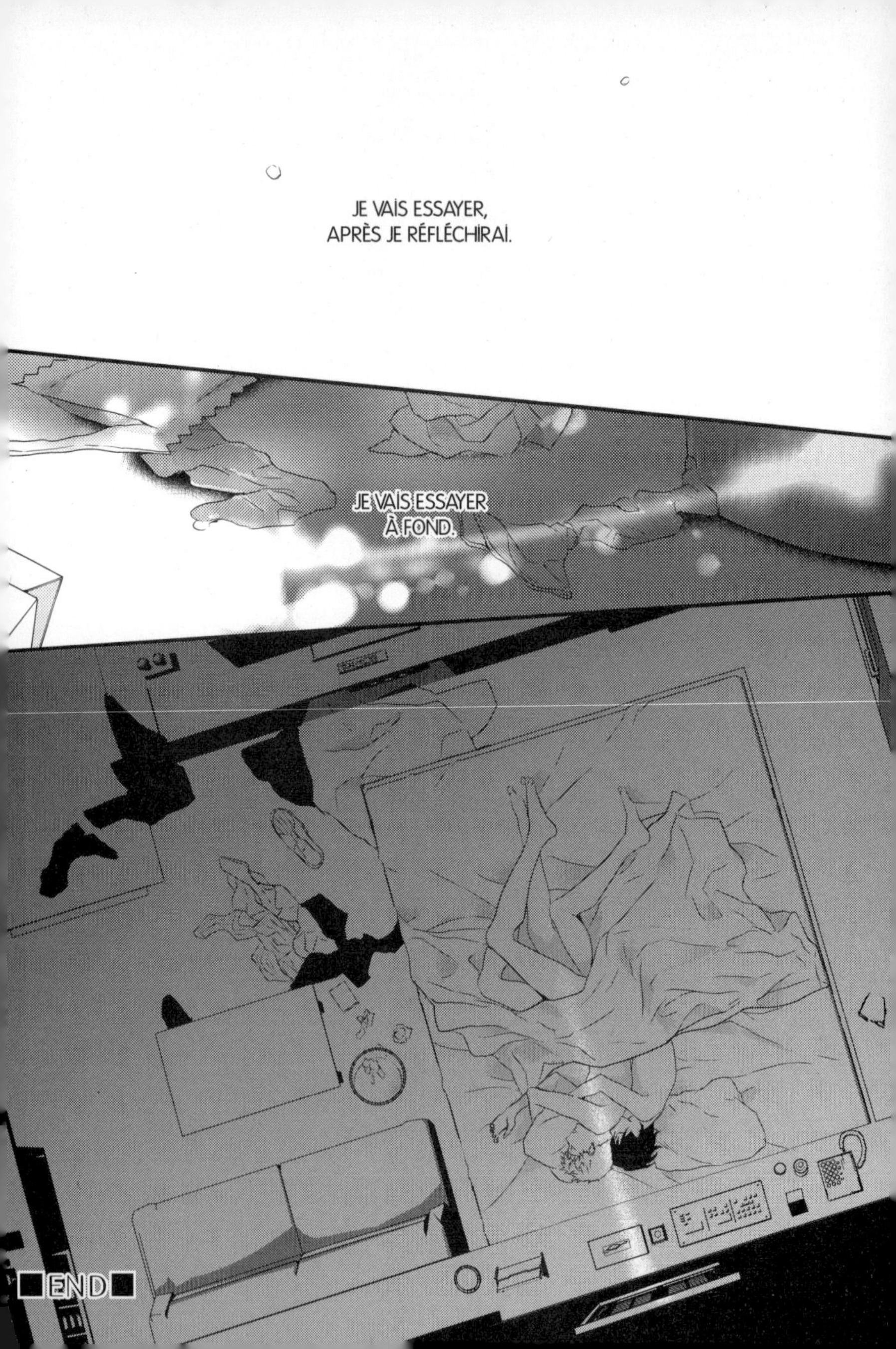
JE VAIS ESSAYER,
APRÈS JE RÉFLÉCHIRAI.
JE VAIS ESSAYER
À FOND.
END

Johannes
TA MÈRE T'A ABANDONNÉ !

CETTE CONNASSE S'EST BARRÉE !
JE VAIS VIVRE DE QUOI, MAINTENANT ?
QUAND MA MÈRE EST DEVENUE PROSTITUÉE, C'EST DEVENU MON JOB DE ME FAIRE TAPER PAR MON ONCLE.
MAIS TOI AUSSI, ELLE T'A LAISSÉ TOMBER.
C'EST VRAI.
QUAND JE ME SERAI MARIÉE LÀ-BAS, JE TE FERAI VENIR.
EN ATTENDANT,
TOI AUSSI, TU DEVRAS TE DÉBROUILLER TOUT SEUL.
N'OUBLIE JAMAIS MES MOTS.
ILS TE SERVIRONT D'AILES POUR TRAVERSER LES MERS.
HÉ,
À PARTIR DE CE JOUR-LÀ, IL A ARRÊTÉ DE ME FRAPPER.
T'ES
PAS TROP MAL QUAND T'AS PAS LA TRONCHE CASSÉE.
TU ME RESSEMBLES.

Notre PARADIS 04
BONNE NUIT.
À LA PROCHAINE, JULINA.
BONNE NUIT, PROFESSEUR !
BON COURAGE À TOI AUSSI.
TU TRAVAILLES TOUJOURS JUSQU'À LA FERMETURE.
CE N'EST RIEN.
LORSQUE JE NE TRAVAILLE PAS, VOUS POURREZ TOUJOURS RENDRE VISITE
À AGEI ♥
BONNE NUIT À VOUS.

ET À QUI REVIENDRA L'ARGENT ?
IL SERA POUR MOI, ÉVIDEMMENT.
HA HA, TU MÈNES BIEN TA BARQUE !
きゃっ
HA-HA
きゃっ
HA-HA
À LA PROCHAINE, PRO-FESSEUR HOSHI !
Club Mag Mell
Closed
CLAP
QUELLE JOURNÉE !
JE SUIS LA DERNIÈRE, AUJOUR-D'HUI !
BRAVO.
À QUELLE HEURE ARRIVE MA VOITURE ?
IL EST PARTI RACCOMPAGNER LUNA IL Y A 20 MINUTES.

PFF
SALETÉ DE LUNA QUI SE FAIT TOUT LE TEMPS RACCOMPAGNER ALORS QU'ELLE HABITE JUSTE À CÔTÉ !
ELLE M'ÉNERVE, ELLE REFUSE MÊME DE FAIRE LES AFTERS !
Elle se prend pour une princesse !
C'EST TOUT DE MÊME LA NUMÉRO 2, ELLE VA SUCCÉDER À LA MAMA.
JE ME DEMANDE POURQUOI.
AGEI, T'AS AUCUN SENS DU BUSINESS. ENFIN, TU SAIS PAS LIRE LE CŒUR DES FEMMES.
PAS ÉTONNANT.
HEIN ?
ELLE EST TRÈS BELLE, MÊME DANS LE MONDE DES HÔTESSES.
LES HOMMES SONT À SES PIEDS.
TWIP
ILS AIMENT QU'ELLE LES SNOBE.
ÇA LES REND ENCORE PLUS ACCROS.
JE... JE VOIS.
ATTENDS...
ALLÔ ?
MAMA ANNA EST DÉJÀ RENTRÉE.
IL NE RESTE PLUS QUE MOI, TU VOUDRAS BIEN QU'ON PRENNE LA MÊME VOITURE ?

Je suis fatigué.
DÉSOLÉE, JE VIENS DE RECEVOIR UNE INVITATION.
ANNULE LA VOITURE.
AH. OK,
D'ACCORD.
EH BIEN ?
TU ES TRISTE ?
EUH... OUI.
HA HA, MENTEUR.
PROFITE BIEN DE TON TRAJET SANS PERSONNE POUR VOUS GÊNER.

TOC
TOC
KSH
BAH ?
ET JULINA ?

ELLE VA À UNE AFTER.
OH, QUELLE BOSSEUSE !
VIENS.
CHOPE
HEIN ?
BRR
HN...
SMACK
FH
SH
HA...
QU'EST-CE QUI TE PREND ?
TODOM
TODOM
JULINA...
ET SON CLIENT REGARDENT DANS NOTRE DIRECTION.

ELLE ADORE LES POTINS.
ÇA TE DIRAIT QU'ON LUI DONNE DE QUOI RACONTER AUX AUTRES FILLES ?
HA HA.
LES FILLES DE CE GENRE D'ÉTABLISSEMENT APPRÉCIENT LES MECS QUI LES MATENT PAS, ELLES PEUVENT RELÂCHER LEUR GARDE.
ET TOI AUSSI, ÇA REND TON BOULOT PLUS FACILE.
OUI,
ELLES SONT...
SMACK
TOUTES GENTILLES.
BRR
BRR
HA...
SLURP
GEN-TILLES ?
HA...
SMACK
HN...
HMF...
UH
SMACK
OUI...
MMH...
HN...

ET...
TU AS ENVIE D'ÊTRE GENTIL AVEC MOI ?
TODOM
TODOM
UUH
TODOM
TODOM
TODOM
EUH...
OUI, PARFOIS.
DANS CE CAS,
JE VAIS TE COUVRIR LES OREILLES POUR QUE TU N'ENTENDES PLUS QUE LE BRUIT DE NOS BAISERS.
TU VAS VOIR, C'EST SUPER AGRÉABLE.
NYOUP
AUJOURD'HUI,
HA...
HN...
ON A TOUT
NOTRE TEMPS.
TSH
TSH
UHN
UUAN
SH
C'EST VRAI.
HAA...
NYOUP
WOW...
BRR
HN...

HN...
SH
MON CERVEAU EST EN TRAIN DE FONDRE.
HM...
NYOUP
T'ES DÉJÀ FONDU DE BASE.
APPAREMMENT, J'AIME BIEN CE MEC DÉPENDANT DES AUTRES.
ET MOI QUI AI VÉCU TOUTE MA VIE EN ÉTANT ENTRETENU...
JE SUIS UN GOSSE GÂTÉ.
J'Y PEUX RIEN.
AH...

LE SOIR OÙ ON EST PARTIS DE CHEZ NAHOKO, ON A FINI À L'HÔTEL.
HM ?
FH
OUAH !
ZZ
UH
LE LENDEMAIN, JE ME SUIS LAISSÉ INFLUENCER.
Je vais te frotter le dos.
PLATCH
...
On utilise ça ?
Pas la peine.
ON A MÊME FAIT DES PROLONGA-TIONS.
DRING DRING
RBBR
MAIS ALORS QUE JE M'APPRÊTAIS À M'ENFUIR APRÈS LE SEXE, EN LUI DISANT « C'ÉTAIT TOP, À PLUS ! », JE L'AI PAS SENTI.
BOUUH
HOTEL EDEN
IN
HOTEL EDEN
Rest 3500～
Stay 8000～
Service Time 4000～
DU COUP, JE L'AI AMENÉ AVEC MOI À UN ENTRETIEN DANS UN CLUB À LA RECHERCHE DE STAFF MASCULIN.
?
?
?

ENGAGEZ-NOUS ENSEMBLE !
VOUS LE REGRETTEREZ PAS !
ON... ON SORT ENSEMBLE, TOUS LES DEUX !
DONC VOUS N'AUREZ PAS À VOUS INQUIÉTER POUR LES FILLES DE L'ÉTABLISSEMENT !
N'EST-CE PAS ?
TADAAAM
J'AI VRAIMENT PAS RÉFLÉCHI AVANT DE PARLER...
ET CE PETIT MENSONGE A ÉVOLUÉ EN « ON A BESOIN D'ÉCONOMISER DE L'ARGENT POUR ÉMIGRER À L'ÉTRANGER POUR SE MARIER ».
ON S'EST RETROUVÉS AVEC UN LOGEMENT DE FONCTION MEUBLÉ EN PLUS D'UN BOULOT TRANQUILLE.
AAH !

Ta...
T'AVAIS DIT QUE TU...
SH
AH
HA
UHN
AH !
SH
SH
UHN
SE-RAIS DOUX !
AAH !
SHUP
SHUP
SHUP
C'EST
COMME D'HABI-TUUUU-DE !
AH !
SH
AH !
SH
AH !
AH !
SH
VLAM
VLAM
HA
HA
VLAM
SH
HÉ, TU M'IGNORES ?
VLAM
HN
VLAM
HA
AH, DÉSOLÉ.
J'ÉTAIS SUR LE POINT DE JOUIR, JE T'ENTENDAIS PAS.
UH
AH, DÉSOLÉ.
Je t'ai gêné
NON, TANT MIEUX.
TU FERAIS QUOI DE ÇA SI JE JOUISSAIS AVANT TOI ?
TWIP
TWIP
ÇA
J'ESSAYAIS DE ME CONCENTRER À FOND POUR ME RETENIR.
AH BOOON ?
OH OUPS !

C...
C'EST PAS GRAVE...
T'ES PAS OBLIGÉ...
ROUGIIIIT
TU FAIS SEMBLANT D'ÊTRE ÉGOÏSTE, MAIS T'AS DES RESTES DE GIGOLO.
« RES-TES » ?
HUMPF
JE NE SAIS PAS...
ALORS TU ME LAISSES FAIRE CE QUE JE VEUX ?
BLUP
TSHUP
SH
NYUP
GN
OUI...
SI J'AI ENVIE D'ARRÊTER,
CE QUE JE COMPTE FAIRE...
NI MÊME CE QUE JE SUIS EN TRAIN DE FAIRE.

JE VIS AVEC LUI.
ON TRAVAILLE ENSEMBLE.
C'EST COMME SI ON ÉTAIT DES ENFANTS...
QUI JOUENT À PAPA ET MAMAN.
BOF, POUR-QUOI PAS ?
?
GN
UH ?
TU AS DIT QUELQUE CHOSE ?
J'AI DIT QUE C'ÉTAIT BON.
HN
HA
JE PEUX JOUIR ?
SMACK
OUAH !
NYOUP
BRR

HA...
AH...
UH...
TU VAS JOUIR ?
WIP
WIP
AH !
HA
ÇA VIENT...
HA
AIDE-MOI À
M'ENVOLER.

PFHH
C'EST ÇA, UNE VIE SA-TISFAI-SANTE ?
AH !
TU M'EN DONNES UNE ?
WOUP
ÇA TE CONVIENT À TOI ?
HEIN ?
KSH
OUA ?
* Quoi ?
T'AS 25 ANS, HEIN ?
T'AS TROIS ANS DE PLUS QUE MOI, T'ES VIEUX.

運転免許証
揚井 武尊
PRENDS TA VIE EN MAIN, MEC !
QU'EST-CE QUI TE PREND ?
ET TON VRAI NOM,
C'EST
TAKERU ?
C'est classe.
TU VEUX DIRE QUE MON NOM EST PLUS CLASSE QUE MOI ?
On me l'a dit souvent.
PFF...
AU MOINS, MON VRAI NOM, C'EST PAS JOHANNES.
LE NOM D'UN SAINT, ÇA CRAINT !
WOOP
HA
LA FERME, IDIOT.
ET VOILÀ !
ET PUIS C'EST PAS SAINT JEAN L'APÔTRE, C'EST SAINT JEAN LE BAPTISTE.
JE SAIS PAS QUI C'EST.
UNE FEMME QUI LE HAÏSSAIT L'A FAIT DÉCAPITER.
OOH...
AU FAIT, À PROPOS DU BOULOT,

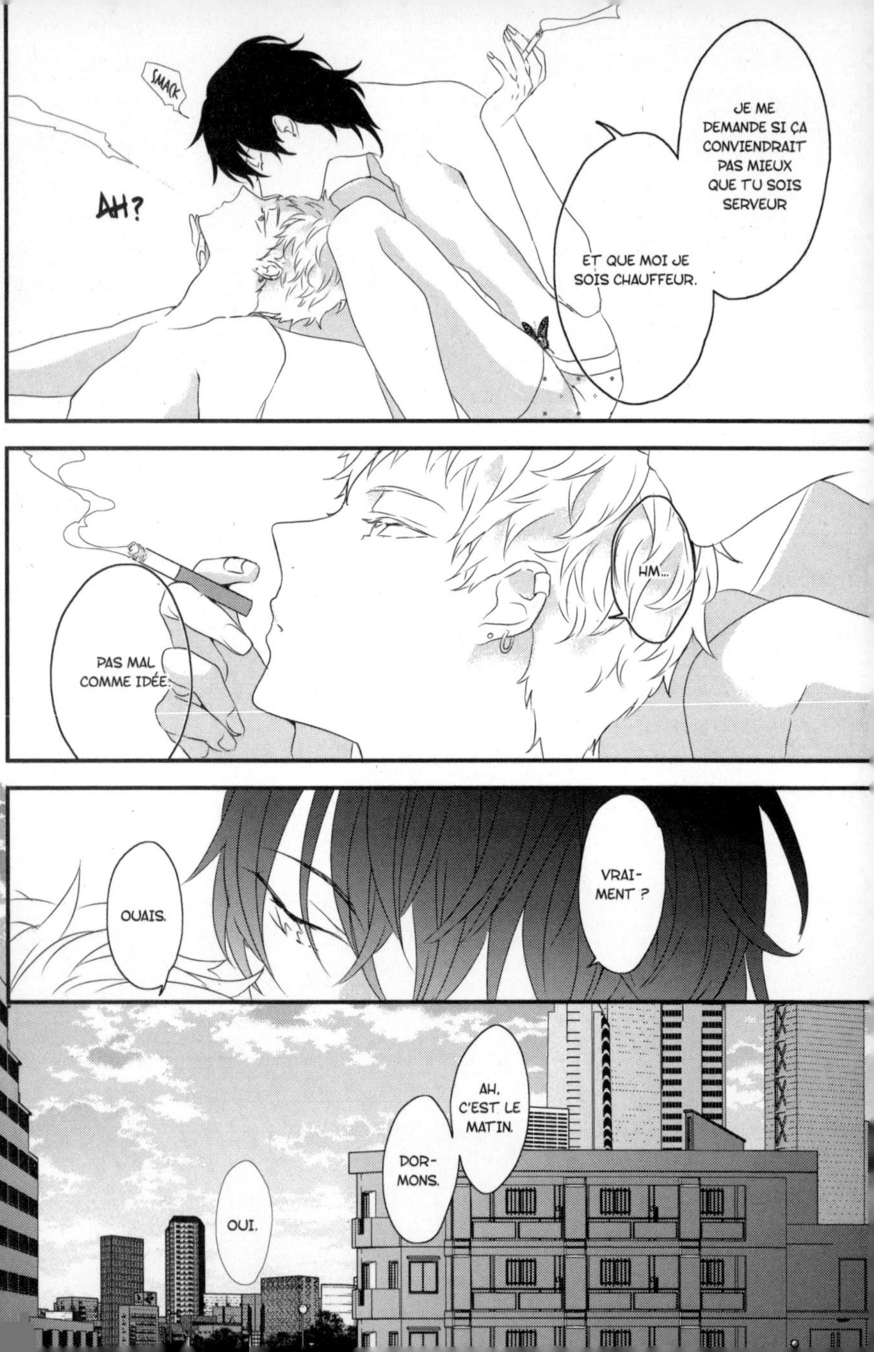
JE ME DEMANDE SI ÇA CONVIENDRAIT PAS MIEUX QUE TU SOIS SERVEUR
ET QUE MOI JE SOIS CHAUFFEUR.
SMACK
AH ?
HM...
PAS MAL COMME IDÉE.
VRAI-MENT ?
OUAIS.
AH, C'EST LE MATIN.
DOR-MONS.
OUI.

MAMA VEUT QUE TU VIENNES AIDER À L'INTÉRIEUR !
ON EST DÉBORDÉS !
OUAAH
ON S'EN SORT PAS !
TAP
TAP
OUAH !
DÉ-PÊCHE-TOI !
MAMA A DIT QU'ELLE VOUS PAYAIT TOUS LE TAXI !
GAAAH !
LUNA A PERDU UNE DE SES BOUCLES D'OREILLES PRÉFÉRÉES, DONC ELLE FAIT SON CAPRICE HABITUEL ET REFUSE DE TRAVAILLER.
C'EST LA CRISE !
AU SE-COURS !
HELP
OH, J'IMAGINE TRÈS BIEN LE TABLEAU.
J'ARRIVE.
À TOUTE.
CLAC

T'EXAGÈRES.
SI TU VEUX DE NOUVELLES BOUCLES D'OREILLES, JE T'EN ACHÈTERAI.
VA BOSSER.
LUNA.
ÉTRANGEMENT, IL ME SEMBLE VOIR DEUX BOUCLES BRILLER À TES OREILLES,
MAIS PEUT-ÊTRE QUE JE VOIS MAL ?
...
ENFIN, PEU IMPORTE.

BONSOIR.
À VOTRE SERVICE.
AH, T'ES LÀ ?
OH, LUNA AUSSI ?
OUI JE L'AI AMENÉE.
JE SUIS TOMBÉ SUR ELLE EN CHEMIN ET JE L'AI PERSUADÉE DE VENIR.
OH, BRAVO.
HÉ, S'IL VOUS PLAÎT !
UNE BOUTEILLE DE CHAMPAGNE !
ELLE A VRAIMENT SES HUMEURS, C'EST COMPLIQUÉ DE GÉRER.
ELLE A PEUT-ÊTRE RETROUVÉ SON BIJOU.
P'T'ÊTRE.

ET VOICI.
YES ! MERCI !
BLAH
BLAH
JE PEUX L'OUVRIR ?
TIENS, TON BOYFRIEND OFFICIEL BOSSE ICI, CE SOIR ?
HEIN ?
OH, SON PETIT COPAIN ?
OU SA COPINE ? QUI FAIT QUOI DANS LE COUPLE ?
JU... JULINA...
JE N'AI ÉVIDEMMENT AUCUNE RELATION AVEC QUI QUE CE SOIT DU STAFF... EUH... EUH...
AGEI SORT AVEC TAKAHASHI, LE MEC LÀ-BAS !
Oh, peu importe.
OH, SÉRIEUX ?
HUM

EN TANT QUE CLIENT, ÇA ME RASSURE DE SAVOIR QUE TU VAS PAS ME PIQUER MA JULINA !
JE NE SUIS À PERSONNE. ♥
T'ES MÉCHANTE, MAIS C'EST POUR ÇA QUE JE T'AIME.
EN TOUT CAS, IL SE FAIT REMARQUER, CE MEC.
IL A DE L'ALLURE.
LES AMOURETTES ENTRE LE STAFF ET LES FILLES SONT ÉVIDEMMENT INTERDITES.
S'IL TRAVAILLAIT SOUVENT ICI, ELLES CRAQUERAIENT TOUTES.
JE SUIS JALOUX !
AH... JE COMPRENDS...
AH...
JE NE VEUX PAS DIRE QUE T'AS PAS DE CHARME MASCULIN, AGEI.
PFF
EN TOUT CAS, IL N'INQUIÈTE PERSONNE !

BIEN. PLUS QU'UNE TABLE ET C'EST TERMINÉ.
BONSOIR.
AH, PRO-FESSEUR HOSHI.
CE SOIR, NOUS NE...
DÉSOLÉ D'ARRIVER TOUJOURS SI TARD.
JULINA EST LÀ ?
DÉSOLÉ, MAIS ELLE EST RENTRÉE.
After ! Buvons jusqu'au petit matin !
WOUH
WOUH
AH, VRAIMENT ?
JE SUIS ARRIVÉ TROP TARD.
UN PROFESSEUR SUPPLÉANT M'A TENU LA JAMBE.
JE CROIS QU'IL EST PROFESSEUR À LA FAC.
VOUS AVEZ TRAVAILLÉ TARD.

C'EST PAS SI TERRIBLE.
DU COUP, JE POURRAIS PEUT-ÊTRE SUIVRE LES CONSEILS DE JULINA ET RESTER AVEC TOI ?
CE GENRE DE CHOSES ARRIVE PARFOIS, C'EST UN MONDE ÉTRANGE.
CLING
BUVONS À JULINA,
L'ABSENT·E.
SANTÉ !
コツン… TOC
GLOUP
OH...
おっ
AH, EXCUSEZ-MOI, J'AVAIS SOIF.
はっ HA
T'AS L'AIR DE BIEN TENIR !
JE M'Y ATTENDAIS PAS !
Reprends un verre.
ÇA SURPREND SOUVENT LES GENS.
J'EN AI PAS L'AIR, SANS DOUTE.

C'EST PAS FAUX.
TU SEMBLES ÊTRE DU GENRE À T'ÉCROULER APRÈS UN VERRE.
VOUS ÊTES MÉCHANT, JE VAIS TERMINER VOTRE BOUTEILLE DE BRANDY.
OUH LÀ, TU FERAIS MIEUX D'Y ALLER DOUCEMENT !
C'EST UN NOUVEAU SERVEUR, LÀ-BAS ? LUI AUSSI, ÇA A L'AIR D'ÊTRE UN BON BUVEUR !
EN RÉALITÉ, IL NE TIENT PAS TRÈS BIEN L'ALCOOL.
COMME IL A PEU D'AMIS HOMMES, IL N'A JAMAIS PU S'ENTRAÎNER.
IL NE SAIT PAS BOIRE.
OOH...
COMME QUOI, IL NE FAUT PAS JUGER SELON LES APPARENCES.
QUI DEVINERAIT QU'UN GARÇON AVEC UN VISAGE SI SÉRIEUX ÉTAIT LA VEDETTE D'UN SITE PORNO ?

AH, IL S'EST FAIT CAPTURER.
MOI, J'AI PLUS DE CLIENTS.
ON DIRAIT QU'IL S'EST BIEN HABITUÉ À LA VIE DE TOUS LES JOURS.
IL EST CAPABLE...
DE TRAVAILLER...
ET SON ÉTRANGE TIMIDITÉ... DISONS SES MANIÈRES BIZARRES, ONT DISPARU.
CE CLIENT A VRAIMENT L'AIR DE L'APPRÉ-CIER.
FORCÉMENT, IL A L'AIR SUSPENDU À SES LÈVRES.
IL PEUT SE DÉBROUILLER SEUL...
SANS MOI.

HÉ...
EUH...
JE...
DÉSOLÉ,
JE NE SUIS...
J'AI DIT QUELQUE CHOSE QU'IL NE FALLAIT PAS ?
J'AI CRU QU'IL SERAIT PLUS IMPOLI D'IGNORER LE SUJET.

EUH...
HUM...
TU AS DÉCIDÉ EN TOUTE CONSCIENCE DE PARTAGER TON CORPS AVEC LA SOCIÉTÉ.
TOUT LE MONDE N'EN SERAIT PAS CAPABLE.
ET MÊME S'IL Y A DES GENS QUI SONT CONTRE, MOI, JE PENSE QUE TU FAIS DU BIEN DANS LE MONDE.
DE PLUS,
JE NE SAIS PAS SI LA VIDÉO OÙ TU TE FAIS METTRE UNE SONDE DANS L'URÈTRE EST DE L'ART...
TOC
OU SI TU AS TROUVÉ LE SECRET DE LA VIE...
ENFIN, TU SAIS, JE SUIS SPÉCIALISTE DE L'APPAREIL URINAIRE.
DERNIÈREMENT IL Y A BEAUCOUP DE GENS
QUI VIENNENT ME VOIR EN PLEURANT PARCE QU'ILS SE SONT FAIT EMPAPAOUTER SANS PRÉSERVATIF OU QUI ME PARLENT DE SONDE, ET ILS ME DISENT QU'ILS ONT MAL, MAINTENANT.
TOI, ÇA VA ?
HEIN ? EUH...

S'ENFIFRER ? S'EMMANCHER ?
C'EST PAS COMME ÇA QU'ON DIT, MAINTE-NANT ?
JE NE SAIS PAS.
HEIN ?
J'AI HONTE, JE PARLE VRAIMENT BEAUCOUP TROP.
On dirait qu'il fait semblant de pas savoir !
NIVEAU TRANSMISSION, ÇA VA PARCE QU'EN GÉNÉRAL, C'EST MOI QU'ON PÉNÈTRE.
ET PUIS MAINTENANT, ON MET TOUT LE TEMPS UN PRÉSERVATIF AVEC MON PARTENAIRE.
JE CROIS... QUE ÇA VA.
VRAIMENT ?
TANT MIEUX !

EXCUSEZ-MOI !
OUAH!
NOUS ALLONS BIENTÔT FERMER.
TWIP
NOUS ALLONS DEVOIR VOUS ENCAISSER.
AH, EXCUSEZ-MOI !
TOI AUSSI, ÇA TE DIRAIT, UN VERRE ?
PUISQUE VOUS LE PROPOSEZ...
UN SHOT DE TEQUILA.
PWIP
JE VAIS LE RAJOUTER SUR VOTRE NOTE À L'AVANCE. AINSI, NOUS POURRONS BOIRE TRANQUILLES APRÈS LA FERMETURE.
AHA HA HA !
TAP
TAP

TU ES ASSEZ INTÉRESSANT, TOI AUSSI.
HUM
EX...
EXCUSEZ-LE !
IL NE TRAVAILLE PAS DANS LE BAR, NORMALEMENT. IL EST DE MAUVAISE HUMEUR PARCE QU'ON L'A FORCÉ À FAIRE LE SERVICE !
EUH...
IL EST ÉGOCENTRIQUE DE BASE,
MAIS IL N'EST PAS AUSSI MAUVAIS QUE SON ATTITUDE PEUT LE LAISSER SUPPOSER !
UGH..
OH !
VOUS AVEZ L'AIR D'ÊTRE PROCHES.
...

OUI,
JE CROIS BIEN...
HÉ !
DÉSOLÉ, MAIS JE CROIS QUE
JE VAIS ME FAIRE LA BOUTEILLE.
BOM
VOUS BUVEZ AVEC MOI ?
AHA HA HA GÉNIAL !
IL Y A RÉELLEMENT DE LA TEQUILA, ICI ?
WOW
EH OUAIS !
QUELLE BONNE IDÉE ! BUVONS !
WOW
IL A ENVIE DE DÉFIER LE PROFESSEUR ?
QUELLE MOUCHE L'A PIQUÉ ?
Quel idiot.

ON EST ARRIVÉS, ÇA VA ?
T'AURAIS PAS DÛ AUTANT BOIRE.
KSH
UUH...
ÇA... VA...
TU EXA-GÈRES...
GRII
AAH !
SH
BOM
PLAF
UUH...
HN ...
HAA...

TU BUVAIS PAS COMME ÇA CHEZ NAHOKO.
TU VOULAIS PAS QU'ELLE TE VOIE DANS CET ÉTAT ?
T'AIMES PAS AVOIR L'AIR IDIOT.
SMACK
T'EXA-GÈRES VRAIMENT.
HOP...
GN
ALLEZ, COURAGE, LE LIT EST PAS LOIN.
HA...
HA...
ZZ

HA...
...
TSH
TSH
GLOUP
PAR-DON.
SLURP
TSH
JUSTE UN PETIT PEU...
HN...
HA...
SHUP
HMM
HMM
T'AS VRAIMENT TROP BU, IDIOT...
UUH
SMACK
HN... T'ES DUR, DÉSOLÉ.
TOC
HA...
FOUILLE

SHUUP
HA
HN...
HA
GNNN
AH!
AH! ♡
GN
GN
BLUP
BLUP
HNN
... ♡
SH
SH
BRR
SH
BLUP
SH
OH NON, J'EN AI TELLEMENT ENVIE...
HA
PAR-DON...
QUE LE BOUT ?
J'AI LE DROIT SI C'EST
HA
GN
BRR
NYUP

HN... ♥
BRR
TSHH
GN
GNNN
TSHH
GN
TSHH
NYUP
HN...
T'ES UN PEU MOU PAR RAPPORT À D'HABITUDE.
GNNN
Y A VRAIMENT QUE L'EXTRÉMITÉ QUI RENTRE.
C'EST UNE DRÔLE DE SENSATION.
HI HI.

HÉ HÉ HÉ,
T'AS L'AIR DINDE...
FH
HN...
J'AIMERAIS...
ÊTRE LE SEUL À POUVOIR LE VOIR DANS CE GENRE DE SITUATIONS.
JE DIS ÇA, MAIS...

JUSQU'À MAINTENANT, J'AI PASSÉ MON TEMPS À EXPOSER CHAQUE RECOIN DE MON CORPS.
JE SUIS HYPOCRITE.
SH
TSHK
QUE MON PASSÉ SOIT DÉCOUVERT OU NON,
TANT MIEUX !
JE SAIS QUE JE NE SUIS...
QU'UN BIEN DE CONSOM-MATION.

*Hoshi veut dire étoile

...
ÇA...
ÇA VIENT...
DE LA LUNE.

OH...
ÇA ME REVIENT, NAHOKO AUSSI...
METTAIT CE GENRE DE BIJOUX, C'ÉTAIT MIGNON.
JE SUIS TOMBÉ SUR ELLE EN CHEMIN ET JE L'AI PERSUADÉE DE VENIR.
PAR HASARD ?
SALETÉ DE LUNA QUI SE FAIT TOUT LE TEMPS RACCOMPAGNER ALORS QU'ELLE HABITE JUSTE À CÔTÉ !
PAS MAL COMME IDÉE.
HA HA...

KAKERU HOSHI
Je m'inquiète un peu, comme tu ne réponds pas, bonne nuit, j'espère

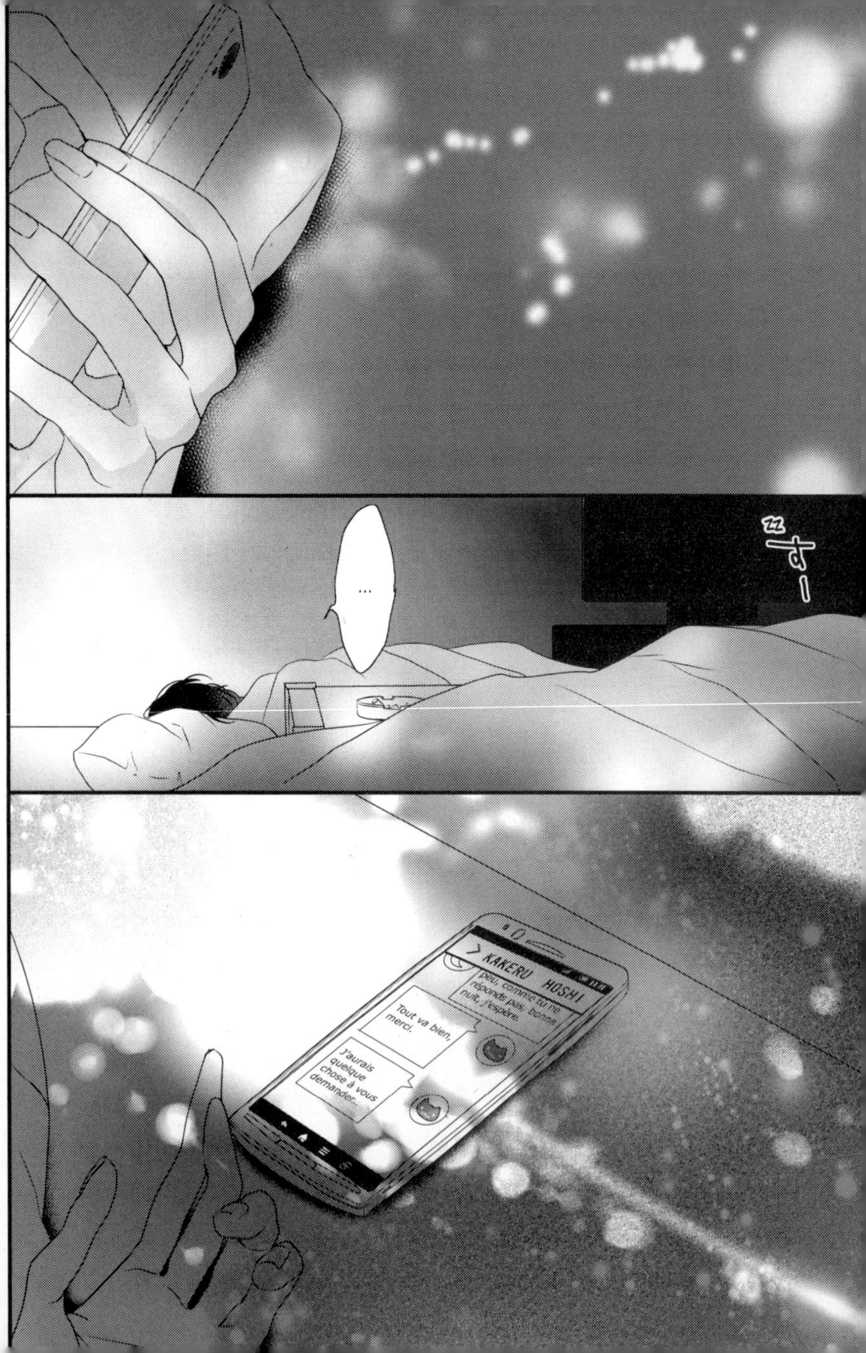
zz すー
...
KAKERU HOSHI
peu, comme tu ne réponds pas. bonne nuit, j'espère.
Tout va bien, merci.
J'aurais quelque chose à vous demander...

FAIT
FROID...
HN...
RAPPROCHE-
TOI.
FSH
HA
Notre
PARADIS
05
BAH
...
SILENCE

AGEI ?
T'ES LÀ ?
DRRING
DRRING
IL RÉPOND PAS.
C'EST JAMAIS ARRIVÉ QU'IL CAPTE PAS OU AUTRE.
ATTENDS UN PEU !
ぽ
POF
10000
日本銀行券
NOM
TAKAHASHI JOHANNES

TOUT EST LÀ.
ET PUIS, C'EST PAS SON GENRE, EN PLUS.
HM ?
LES DEUX CLÉS
DE L'AP-PARTE-MENT ?
...
IL EST PARTI ?

AH...
OK.
JE SUIS DÉSOLÉ DE
VOUS DEMANDER UNE TELLE CHOSE.
CE N'EST RIEN.

MÊME SI J'AI ÉTÉ UN PEU SURPRIS.
JE NE M'ATTENDAIS PAS À CE QUE TU ME DEMANDES D'ÊTRE GARANT POUR TON APPARTEMENT.
ENFIN, J'AI ÉTÉ À L'ÉCOLE AVEC LA MAMA DU BAR OÙ TU TRAVAILLES, JE LUI FAIS CONFIANCE.
J'Y PENSE, POURQUOI TU NE LUI DEMANDES PAS ?
EUH...
HUM
TAKAHASHI ET MOI, NOUS AVONS ÉTÉ ENGAGÉS À CONDITION QUE NOUS HABITIONS ENSEMBLE.
ÇA SERAIT TROP COMPLIQUÉ D'EN PARLER, JE PRÉFÉRERAIS QUE ÇA RESTE SECRET.
UH...
TWIP
OOH...
TU T'ES DISPUTÉ AVEC TAKAHASHI ?

!
EUH...
JE...
UH...
...
OH, DÉSOLÉ !
J'AI ENCORE DIT DES CHOSES QU'IL NE FALLAIT PAS.
EN ATTENDANT, J'AI DE QUOI TE LOGER POUR LE MOMENT.
QUOI ?

ÇA SERAIT GRATIS.
TU POURRAIS ALLER RÉFLÉCHIR UN PEU TOUT SEUL LÀ-BAS.
KSH
...
GN
L'APPARTEMENT APPARTIENT À MA FIANCÉE.
COM-MENT ?
LA CÉRÉMONIE EST POUR BIENTÔT, ELLE VIT DÉJÀ CHEZ MOI.
C'EST DONC LIBRE CHEZ ELLE.
Allons-y.
LE PROFESSEUR EST FIANCÉ.
CE N'EST PAS LOIN D'ICI.
Ça va être mauvais pour Julina.
YEAH
LES CLIENTS SONT MES AMIS

EUH...
C'EST MÊME PAS DU DÉJÀ-VU À CE NIVEAU-LÀ.
C'EST...
TODOM
TODOM
HM ?
QU'Y A-T-IL ?
C'EST IMPOSSIBLE...
ET POURTANT...
C'EST ICI.
UTILISE TOUT CE QUE TU VEUX.
KSH...
C'EST PAS MAL, HEIN ?

TIENS, LA CLÉ.
NAHOKO ...

QU'Y A-T-IL ?
DÉSOLÉ,
?
JE SUIS DE RETOUR.
RIEN.
ÇA ME PLAÎT, ICI.
JE VOUS REMERCIE.
JE N'IMAGINAIS PAS ÊTRE AIDÉ PAR HASARD PAR TON FIANCÉ,
MAIS CETTE FOIS-CI, JE M'EN SORTIRAI SEUL.

J'AIMAIS BIEN LES RIDEAUX.
TANT PIS.
JE DOIS FAIRE DE MON MIEUX
ET UN JOUR…
15 000 yens ?
C'est bon ?
JE VAIS Y ARRIVER !
QU'EST-CE QUE J'EN AI À FAIRE…
DE CE MEC, DE TOUTE FAÇON !
HA…

IL S'EST PASSÉ QUOI, SÉRIEUX ?
QUAND JE PENSE QUE J'AI REFUSÉ LES AVANCES DE LUNA COMME UN CON !
...
BORDEL !

しゃっ
SH
BONSOIR !
...
UH ?
GYAAAAH
HEIN ?
TU...
BONG
CRAQUAGE MENTAL
TU VIENS BOSSER NORMALE-MENT ?
JE PENSAIS NE PLUS JAMAIS TE REVOIR !
ET TU...
DÉSOLÉ, JE VAIS CONTINUER À TRAVAIL-LER ICI.
NE DÉMIS-SIONNE PAS, OK ?

ESPÈCE DE...
T'ES LÀ, TAKAHASHI ? TANT MIEUX !
ON VA AVOIR BEAU-COUP DE BOULOT !
HUMPF ...
ON PARLERA APRÈS LA FERMETURE.
OK.

CLAP
À demain !
ENFIN TER-MINÉ.
C'ÉTAIT CHAUD, AUJOUR-D'HUI.
Ouais, à d'main.
GNN
ALORS ?
T'AS
RIEN À ME DIRE ?
HEIN ?
...
SI.
JE...

OK...
ET TIENS,
ÇA APPARTIENT À LUNA.
HEIN ? COMMENT ÇA ?
JE L'AI RAMASSÉE.
TU LUI RENDRAS TOI-MÊME.
JE RENTRE.
OÙ ÇA ?
TU RETOURNES DANS UN CYBERCAFÉ ?
LE PROFESSEUR HOSHI EST LE FIANCÉ DE NAHOKO.

IL ME LAISSE HABITER DANS L'APPARTEMENT.
SEUL.
QUOI ?
C'EST UNE BLAGUE ?
IL N'Y A RIEN ENTRE NOUS.
JE...
JE CROIS QU'IL FAUT QUE JE ME DÉBROUILLE SEUL.
EUH...
C'EST QUOI, CETTE HISTOIRE ?
COMMENT ÇA ?
T'AS PAS LE DROIT D'ÊTRE EN COLÈRE.
SURTOUT POUR ÇA...
ENFOIRÉ.

BOM
QUE...
GH
GNN
AH !
SERRE
HA...
GNAP
NON !
JE SUIS PRESSÉ !
ET PUIS, C'EST PAS LE LIEU...
IL FAUT PAS...

JE VEUX PAS ET POURTANT,
ÇA ME RAPPELLE TELLEMENT DE CHOSES...
DU PASSÉ...
TU BANDES...
HA
QUAND ON TE FORCE.
BRR
TWIP
TWIP
BRR
PERVERS.

AHN
C'EST FAUX.
HA
TU PEUX DIRE CE QUE TU VEUX...
LÈCHE
UH !
GN
GSH
GSH
TWIP
NON...
NON !
GNN
HA...
TWIP
HNN
HA...
TWIP
STO...
TSH
TSH
HA...
AHN
TWIP
BRR
GH
HA...

ARRÊTE !
TSH
SH
IL FAUT...
GH
PAS...
GAH
SHUP
HN
TSH
!!!..
GAH !
GSH
HN
S...
SORS !
GNN
TSH
NON !

ÇA FAIT MAL...
POUR DE VRAI...
HAA !...
HAA !...
ARRÊTE...
MENTEUR.
UHN
TU VIENS DE JOUIR.
TWIP
TWIP
BRR.
UHN ...♡
ÇA TE PLAÎT QU'ON TE PRENNE DE FORCE D'UN COUP?
PLUTCH
BRR...
T'ES VRAIMENT UN PERVERS.
HEIN ?
AHN !
TWIP
GAH !
NON !
TWIP
AH

TU BANDERAIS PAS SI T'AIMAIS PAS ÇA.
TSH
FSHH
!
C'EST TOI LE MENTEUR, WING.
JE RENTRE.

DING DONG
KSH
ガチャ…

10000
AB345678E
HA...
PEUT-ÊTRE QUE C'EST ÇA, MON TALENT.
...
COMBIEN FAUT-IL GAGNER...
POUR FAIRE VIVRE UNE PERSONNE ?

Takeru Agei
C'EST L'AÎNÉ DU PROFESSEUR AGEI.
IL A BIEN GRANDI !
TAKERU, C'EST ÇA ?

HOSHI ! ON VA ÊTRE EN RETARD !
TAKERU, TU VAS PASSER...
LE CONCOURS POUR ENTRER DANS LA MÊME ÉCOLE DE MÉDECINE QUE TON PÈRE ?
ON DIRA QU'ON A ÉTÉ RETARDÉS PAR UN PROFES-SEUR SUP-PLÉANT !
GN
C'EST CE QUE J'AIMERAIS QU'IL FASSE, MAIS ON L'A TROP GÂTÉ.
DU COUP, J'AIMERAIS QUE VOUS LUI METTIEZ TOUS UN PEU LA PRESSION.
PRO-FESSEUR AGEI, SON UNIFORME, C'EST...
IL A RATÉ LE CONCOURS DU LYCÉE OÙ IL DEVAIT ALLER, IL A FALLU LE METTRE AILLEURS.
S'IL VOUS PLAÎT...
IL EST TOMBÉ MALADE AU MOMENT DE CHAQUE EXAMEN.
IL DOIT MANQUER DE VOLONTÉ.
ENFIN, CE N'EST PAS GRAVE, VOUS AVEZ D'AUTRES ENFANTS.
SAUVEZ-MOI.
LUI OU UN AUTRE, CE SERA PAREIL.

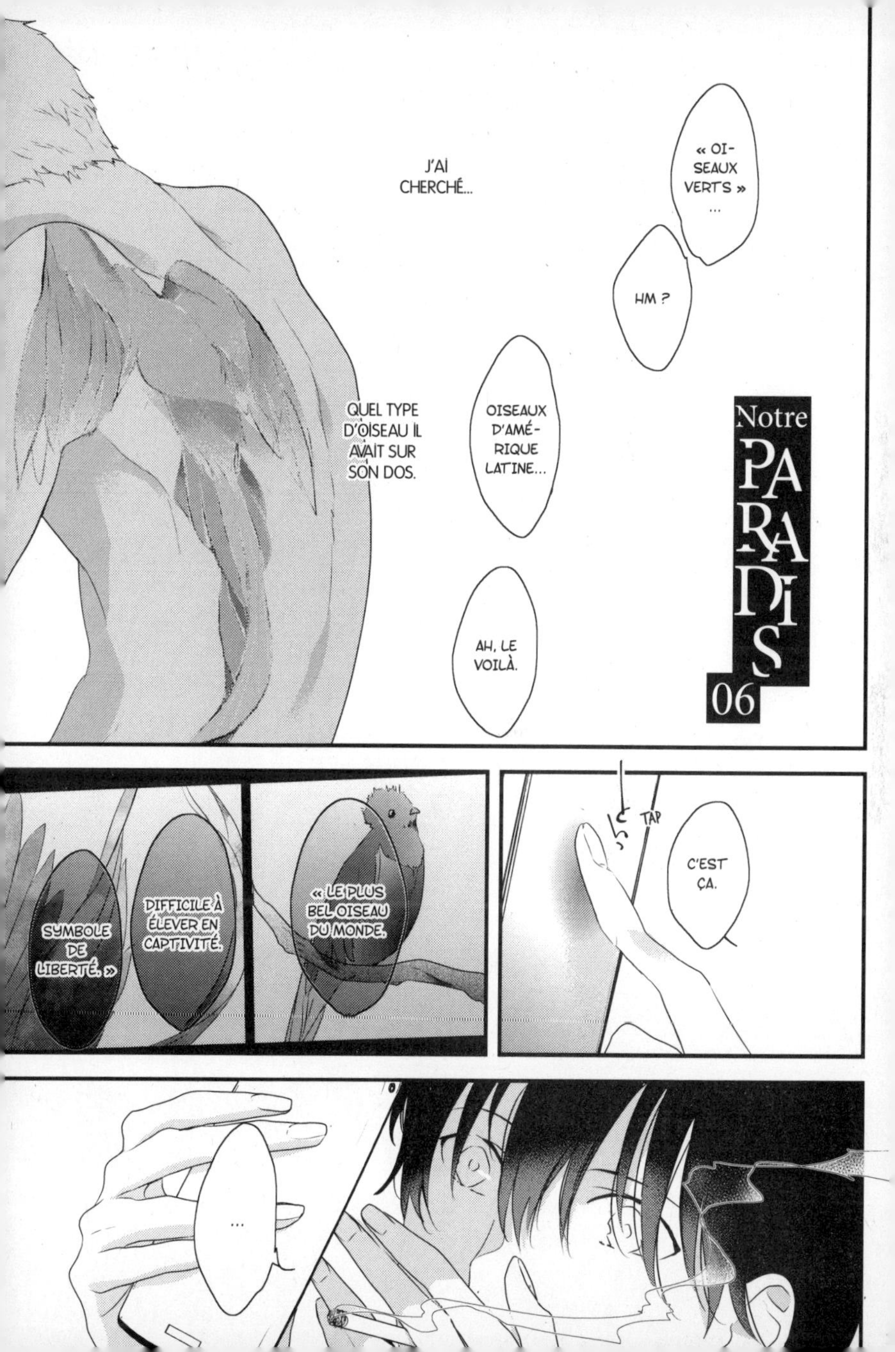
Notre PARADIS 06
« OISEAUX VERTS » ...
HM ?
J'AI CHERCHÉ...
OISEAUX D'AMÉRIQUE LATINE...
QUEL TYPE D'OISEAU IL AVAIT SUR SON DOS.
AH, LE VOILÀ.
TAP
C'EST ÇA.
« LE PLUS BEL OISEAU DU MONDE.
DIFFICILE À ÉLEVER EN CAPTIVITÉ.
SYMBOLE DE LIBERTÉ. »
...

HA HA.
JE COMPRENDS.
L'ENDROIT OÙ JE SUIS NÉ... HUM...
PARFOIS IL FAIT SUPER BEAU,
LE TEMPS EST CHANGEANT.
PARFOIS LE CIEL EST TRÈS COUVERT...
ET IL FAIT SUPER HUMIDE !
ON Y TROUVE DES OISEAUX AUX COULEURS INCROYABLES !
LA FORÊT TROPICALE EST JUSTE À CÔTÉ.
DES PAPILLONS TOXIQUES,
DES FLEURS,
DES ANIMAUX ...

C'EST VRAI QUE ÇA A L'AIR D'ÊTRE UN PARADIS.
UN PARADIS SUR TERRE...
JE SAIS PAS.
SI TU VEUX DE LA NATURE, IL Y A PLEIN D'ENDROITS DE CE GENRE DANS LE MONDE.
MOI, J'AIME LA VILLE.
TU DOIS ME TROUVER IDIOT D'AVOIR QUITTÉ LE PARADIS.
T'EN VOULAIS PLUS ?
JE VOULAIS UN ENDROIT MIEUX QUE ÇA.
PLUS...
OUI, J'EN VEUX PLUS.
SI JE TROUVAIS UN ENDROIT MIEUX QUE L'APPARTEMENT DE NAHOKO, JE PARTIRAIS DIRECT.
QUOI ?
C'EST MAL ?

POURQUOI JE DEVRAIS TRAVAILLER OU FAIRE DES CHOSES DONT J'AI PAS ENVIE
SI JE CRÈVE PAS DE FAIM...
ET SI J'AI UN TOIT QUI ME PROTÈGE DE LA PLUIE ?
SI QUELQU'UN PEUT M'APPORTER ÇA, JE PRENDS, PEU IMPORTE QUI C'EST.
L'AMOUR, TOUT ÇA, ÇA PASSE APRÈS.
QUAND QUELQU'UN S'OCCUPE VRAIMENT BIEN DE MOI, JE RESSENS UN TRUC, COMME DE L'AMOUR.
ET J'ESSAIE D'EN PROFITER À FOND TANT QUE JE PEUX.
QUOI ?
PEU IMPORTE QUI ?
T'ES VRAIMENT ÉGOCENTRIQUE.
VOIRE MÊME ÉGOÏSTE.
UN VRAI DÉCHET.
HA...
VRAI-MENT ?

TU DOIS FAIRE EN SORTE QUE L'ENDROIT OÙ TU TE TROUVES SOIT L'ENDROIT LE PLUS HEUREUX AU MONDE.
TOUJOURS.
C'EST LE PLUS IMPORTANT !
JE SUIS LE DESCENDANT DE JAPONAIS QUI SONT ALLÉS CHERCHER LE PARADIS EN AMÉRIQUE DU SUD.
JE SUIS COMME EUX.
TOI,
T'ES BÊTE, MAIS TU CROIS PAS, TOI AUSSI, QUE C'EST ÇA QUI COMPTE ?
N'OUBLIE PAS CES MOTS.
HUM...
...

JE CROIS QUE JE COM-PRENDS MAINTE-NANT.
OH...
IL ERRE À LA RECHERCHE D'UN « ENDROIT » QUI POURRAIT L'ACCUEILLIR.
NAHOKO NE VOULAIT PAS QU'ON FUME À L'INTÉ-RIEUR.
OUPS...
EN VÉRITÉ, MOI AUSSI JE CHERCHE MON « N'IMPORTE QUI »
DEPUIS LONG-TEMPS.
Enfin...
POURQUOI ÇA SERAIT PAS TOI ?
OH...
!

JE PENSAIS QUE TU SERAIS À L'ARRIÈRE EN TRAIN DE TE CHANGER.
TU N'AS TOUJOURS PAS FERMÉ LA CAISSE ?
NON.
ÇA... ÇA FAIT LONG-TEMPS.
TU VOULAIS QUELQUE CHOSE ?
ÇA.
MAMA S'EST RENDU COMPTE QU'ELLE AVAIT OUBLIÉ SON PARAPLUIE EN MONTANT DANS LA VOITURE.
PAS EU LE CHOIX.
BAH
AH.
JE COM-PRENDS.
...
TU...
TU NE T'EXCUSES PAS...
POUR LA DERNIÈRE FOIS ?

J'AI PAS ENVIE QUE TU ME PARDONNES.
DÉTESTE-MOI SI TU VEUX.
PASSE À AUTRE CHOSE ET TROUVE-TOI QUELQU'UN D'AUTRE !
JE REFUSE !
PRENDS-MOI DANS TES BRAS...
ET DEMANDE-MOI PARDON !
SINON JE TE DONNERAI PAS CE PARAPLUIE !
DE QUOI ?

ALLEZ !
MAMA ATTEND, NON ?
DÉ-PÊCHE !
...
KSH
VIENS.
ALLEZ.
TODOM
TODOM

SERRE
...
PAR...
JE T'AIME.

JE T'AIME.
JE L'AI COMPRIS EN M'ÉLOIGNANT DE TOI.
PEUT-ÊTRE QUE POUR TOI, TOUT LE MONDE EST INTERCHANGEABLE,
MAIS MALGRÉ ÇA,
ON S'EST DISPUTÉS,
ENCOURAGÉS,
ON A RI ENSEMBLE.
DEPUIS MA NAISSANCE, J'AVAIS JAMAIS RIEN...
VÉCU DE TEL.

ALORS JE VAIS FAIRE EN SORTE QUE TU PUISSES PAS ME JETER.
T'AURAS PAS À TRAVAILLER.
TU MANGERAS TOUJOURS À TA FAIM.
TU DORMIRAS DANS UN LIT CHAUD.
JE METS TOUT EN PLACE POUR Y ARRIVER.
MÊME SI JE SUIS PAS ENCORE PRÊT POUR L'INSTANT.
QU'EST-CE QUE ...
TU RA-CONTES ?
C'EST BON !
JE SUIS GONFLÉ À BLOC !
J'AI PAS BESOIN DE PLUS !

HEIN ?
ÇA SUFFIT !
SI TU RESTES TROP LONGTEMPS,
JE VAIS AVOIR ENVIE DE TE SUCER !
SERRE
DE QUOI ?
GAAH
HEIN?
SERRE
DÉPÊCHE-TOI DE PARTIR !
CLAP
IL S'EST PASSÉ QUOI, LÀ ?
T'EN AS MIS DU TEMPS.
VOUS VOUS FAISIEZ DES BISOUS ?
HM?
FERME-LA ET DORS !
Je te réveillerai quand on sera arrivés chez toi !

IL…
M'AIME ?
LUI ?
BORDEL, QU'EST-CE QU'IL RACONTE ?
IL FAUT PAS…
QUE JE ME LAISSE TROUBLER !
OUVRE-MOI.
LUNA,
KSH
T'ES QUI, TOI ?
?!
UN MEC !
NATSUKI, IL Y A UN MEC BIZARRE À LA PORTE.
C'EST QUI, LUNA ?
QU'EST-CE QUE JE FOUS, BORDEL ?
!!?
AAAAAAH
Son vrai nom, c'était Natsuki, sérieux ?
ELLE A TROMPÉ SON MEC AVEC MOI ?
ELLE S'EST COMPLÈTEMENT SERVIE DE MOI !
GAH

OH, TOUT À L'HEURE, J'AI PAS PU M'EXCUSER.
IL AVAIT L'AIR TELLEMENT CONTENT D'ÊTRE DANS MES BRAS QUE J'AI OUBLIÉ.
QUEL IDIOT...
ZUT...
J'AI PERDU MON FLAIR DE GIGOLO À CAUSE DE LUI.
ÇA ME FOUT LA RAGE !
C'EST
TOTALEMENT DE SA FAUTE.
IL CRAINT.
IL EST PAS BON, CE MEC.
DANS QUOI JE RELANCE, LÀ ?

MERDE… TOUS LES CLICHÉS DU GIGOLO…
UH…
Fleurs et gâteaux pour s'excuser.
IL AIME LES PIZZAS.
TAP
J'AI RÉFLÉCHI TOUTE LA SOIRÉE.
JE ME SUIS DIT QUE ÇA ME PERMETTRAIT DE REPARTIR À ZÉRO…
SI JE M'EXCUSAIS.
ENSUITE, JE COUPERAI LES PONTS.
JE QUITTERAI LE BAR.
JE ME TROUVERAI QUELQU'UN POUR ME LOGER, JE RETOURNERAI À MA LIBERTÉ DE GIGOLO.
À NOUVEAU SEUL.
J'AVAIS OUBLIÉ DE RENDRE SES CLÉS À NAHOKO.
CLING
JE M'EN OCCUPERAI DEMAIN.
J'OUBLIERAI QUAND JE FAISAIS SEMBLANT D'HABITER AVEC QUELQU'UN.

KSH
...
C'EST PAS À LUI, CES CHAUSSURES.
ELLES ONT L'AIR CHÈRES.
HUM
JE VOIS.
HOP
PAF
AH...

DÈS DEMAIN.
Y A COMME UN AIR DE DÉJÀ-VU DE FOU.
JE NE SUIS MÊME PAS EN COLÈRE.
NON, TU DOIS TE TROMPER.
JE ME SUIS TROP FAIT AVOIR CES DERNIERS TEMPS.
JE NE RESSENS RIEN.
PFF
SI, J'AI ENTENDU UN BRUIT DANS L'ENTRÉE.
JE VAIS... AH !
HN...
C'EST BON...
OUI...
PLUS PRO-FOND...
AH...

AH! ♡
HNN...
TU M'AIMES ?
AAH!
...
OUI.
VRAI-MENT ?
OUI.
JE T'AIME.
TU DOIS ÊTRE EN TRAIN DE TE DIRE « MAIS QU'IL EST CHIANT, CE CLIENT » !
HA HA
SMACK
NON, DU TOUT.
C'EST DU JEU,
MAIS...
J'AI L'IMPRESSION QUE ÇA FAIT BAISSER LA PORTÉE DE MA DÉCLARATION.

HA...
ENFIN, PEU IMPORTE.
POUR POUVOIR LE GARDER AVEC MOI, JE NE PEUX PAS ME CONTENTER D'AMOUR.
IL FAUT DE L'ARGENT,
QU'IL AIT UNE BONNE SITUATION SANS AVOIR BESOIN DE TRAVAILLER,
DES MOYENS D'ASSOUVIR SES BESOINS SEXUELS.
ÇA SEMBLE VAIN.
J'Y VAIS. JE TE RAPPELLE.
MERCI. RENTRE BIEN.
KSH
OUAH ! C'EST QUOI, ÇA ?
OH !
QUELQU'UN EST VRAIMENT ENTRÉ TOUT À L'HEURE !
!

POURQUOI...
« DÉSOLÉ ».

J'AI EU TORT.
C'EST POUR M'EXCUSER.
AH, D'ACCORD.
MAIS C'EST BON.
JE SUIS PLUS FÂCHÉ.
T'AS PAS QUELQUE CHOSE À ME DIRE ?
...
C'EST CE QUE JE SAIS FAIRE.
LA SEULE CHOSE
QUE JE SACHE FAIRE.

JE VAIS GAGNER DE L'ARGENT
EN ME VENDANT POUR QUE TU ME JETTES PAS.
JE M'OCCUPERAI...
DE TOI.
TU VERRAS.
IL ME REND...
JE TE DONNERAI UN CHEZ-TOI.

IL ME REND DINGUE.
ALORS
ATTENDS UN PEU, J'ARRIVERAI PEUT-ÊTRE À ÉCONOMISER.
OK ?
Tu veux bien ?
ENFIN,
JE VOULAIS PAS QUE TU LE SACHES, MAIS C'EST FICHU.
AHN...
COMPLÈTEMENT DINGUE !
SMACK
SMACK
HA ...
SMACK
AM ...
HN ...
SMACK
SH

HEIN ?
MAIS COMMENT JE VAIS M'OCCUPER DE TOI ?
UH... ♡
SMACK
JE CROIS...
SLURP
SH
ARRÊTE DE TE VENDRE.
HA...
QU'IL S'EN SORTIRA PAS SANS MOI.
ÇA IRA.
J'AI BESOIN QUE DE TOI.

EUH...
Euh... c'est pas ce que je voulais dire.
?
ALLEZ,
REVIENS.
PFF
NAHOKO, TU DEVRAIS ÊTRE JALOUSE...
J'AI PAS BESOIN QU'ON S'OCCUPE DE MOI.
BAM
GYAAH
OUAH !
VRAIMENT ? ALORS QUE TU DEMANDAIS TANT D'ARGENT À NAHOKO ?
T'as mûri ?
ROUGIIIT
C'ÉTAIT LE GENRE À ADORER ÇA.
JE REGRETTE DE PAS LUI EN AVOIR DEMANDÉ ENCORE PLUS,
APRÈS COUP.
DE NOUS DEUX.
GAAH
OH, TU FAIS QUOI ? ARRÊTE !
CLING
CLING
NON.
ZIIIP
AAH

HAA !
ÇA CHA-
TOUILLE !
SHHUUP
MIOM
HA
SMACK
SHHUUP
SLUUH
AÏE !
GNAP
GAAH
T'es...
T'ES ENCORE FÂCHÉ, HEIN ?
Tu m'as fait peur.
CLAC
SHUP
SHUP
SHUP
QUI SAIT ?
TWIP
JE VAIS METTRE ÇA.
ALORS LÂCHE-LA.

TSH
T'ES SAGE, WING.
QU'EST-CE QUI TE PREND ?
JE T'AIME.
Me murmure pas à l'oreille.
JE T'AIME.
MÊME QUAND T'ES PAS SAGE.
PARCE QUE T'ES STYLÉ.
T'as la classe.
JE PIGE RIEN À CE QUE TU DIS.
JE POSSÈDE RIEN,
ALORS JE VEUX TE DONNER MES SENTIMENTS DE BONHEUR.
HEIN ?

PERSONNE PEUT TE REMPLACER.
RESTE AVEC MOI.
JE TE LAISSERAI JAMAIS TOMBER.
T'AURAS PLUS JAMAIS...
BESOIN DE FAIRE SEMBLANT DE PAS ÊTRE TRISTE QUAND ON T'ABANDONNE...
OU D'ERRER POUR TROUVER UN ENDROIT OÙ RESTER.

SMACK
SMACK
SMACK
HN...
SMACK
HN...
SMACK
UHN
NYUP
GNN
SHUP
UHN
GNN
AH!
SMACK
AH!
SMACK
HN...
SMACK
GN
AH!
GH...
SHUP

GH...
GH...
WOUP
SHOUP
SWIP
TWIP
AHN...
TWIP
TWIP
SHUP
UUH...
SHOUP
TWIP
TWIP
TSH
AH...
AHN
BRR
C'EST BON ?
NYUP
NYOUH
DIS...
BRR
NYOUH
TROP BON.

JE VAIS FONDRE.
PAS QUESTION.
NON ?
SI TU FONDS, JE VAIS ME RETROUVER TOUT SEUL.
ALORS...
PAS QUESTION.
JE COMPRENDS.
ÇA SERAIT TRISTE.
OUI.
PARDON.

WAAAAH
OUAAH
SNIF
BUH
OH, NAHOKO EST SI BELLE !
CHOPE
AAH ?
HÉ
ATTEN-TION !
ON VA SE FAIRE GRILLER !
ALLEZ, ON S'EN VA.

OH LÀ LÀ
OH LÀ LÀ
C'EST LA PREMIÈRE FOIS QUE J'ASSISTE AU MARIAGE DE QUELQU'UN QUE JE CONNAIS.
PAREIL.
Je sais pas quoi en penser.
CE MEC, HOSHI, IL EST PAS AU COURANT POUR NAHOKO ET NOUS ?
PEUT-ÊTRE PAS.
IL CONTINUE DE FRÉQUENTER LE BAR, COMME D'HABITUDE.
VAUT MIEUX QU'IL SACHE PAS.
MAMA ET JULINA M'ONT DEMANDÉ SI ON AVAIT ASSEZ POUR PARTIR À L'ÉTRANGER MAINTENANT QUE LUNA A QUITTÉ LE BAR POUR SE MARIER.
ELLES FERAIENT LA TRONCHE SI ELLES VOYAIENT L'ÉTAT DE MON COMPTE.
AH OUI, C'EST VRAI QUE C'EST ÇA QU'ON LEUR AVAIT DIT EN ARRIVANT.
Qu'est-ce que vous allez faire, tous les deux ?
EN VÉRITÉ, J'IRAIS BIEN À L'ÉTRANGER UN JOUR.

HEIN ? OÙ ÇA ?
LÀ OÙ T'ES NÉ, PAR EXEMPLE !
AH ?
OUI.
TU M'AS DIT QUE LA NATURE ÉTAIT TRÈS BELLE.
IDIOT, C'EST À L'AUTRE BOUT DU MONDE.
HEIN ?
ÇA PREND PLUS DE DIX HEURES POUR Y ALLER ET DES CENTAINES DE MILLIERS DE YENS.
C'EST VRAIMENT LOIN.
TU FAIS QUOI, LÀ ?

JE ME DISAIS QUE TU ÉTAIS...
VENU DE LOIN POUR ARRIVER JUSQU'À MOI.
C'EST PAS POUR TOI QUE JE SUIS VENU.
SOIS PAS GÊNÉ !
T'ES BÊTE...
PFF...
END

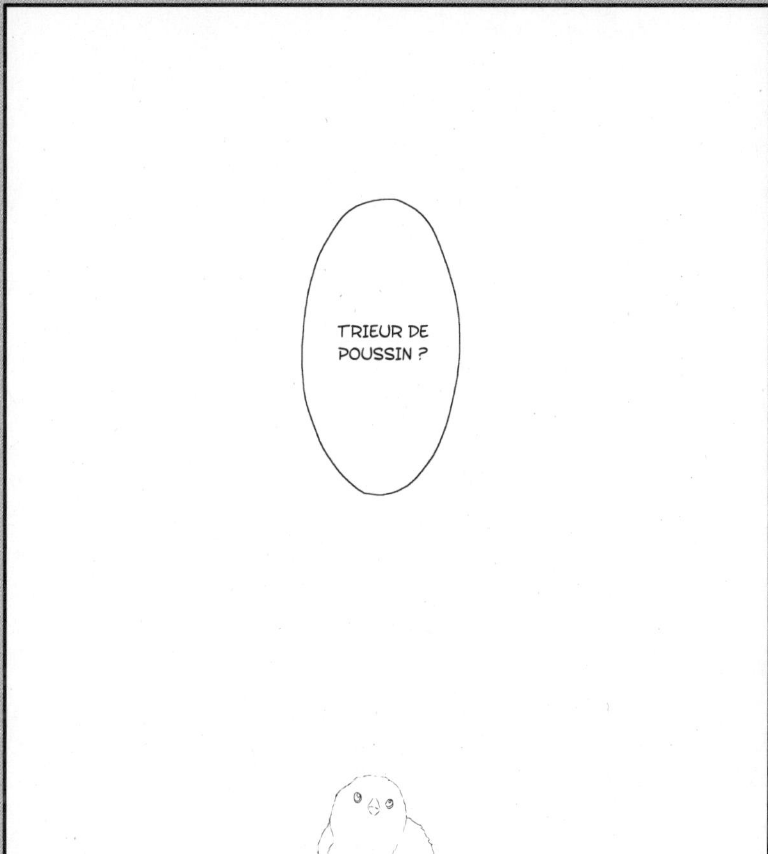
TRIEUR DE
POUSSIN ?

EN FAIT, LA VRAIE DÉNOMINATION, C'EST « SEXEUR DE POUSSIN ».
IL S'AGIT DE SÉPARER LES MÂLES DES FEMELLES.
ON GAGNE AUTANT QU'UN AVOCAT.
ÇA A L'AIR BIEN !
SERRE
AH, COURAGE ALORS !
FLAP
NON, C'EST POUR TOI.
HEIN ?
JE PEUX PAS, MOI.
REGARDE.
IL FAUT AVOIR MOINS DE 25 ANS POUR FAIRE LA FORMATION.
OUAIS.
22 ANS
26 ANS

ÇA ME REND TRISTE QU'ON S'OCCUPE PAS DE MOI. ALORS MOI AUSSI, J'ÉTUDIE À MA FAÇON.

① IL RONCHONNE, MAIS IL ME CONSOLE QUAND MÊME.

② SES BAISERS SONT DOUX.

SMACK
HA
HN
SH
SH
PRENDS LES PRÉSERVATIFS ET LE LUBRIFIANT.
HA
HM...
NYUP
③ IL MET TOUJOURS DES PRÉSERVATIFS. (DES RESTES DE SA VIE DE GIGOLO)
TU T'EN ES SERVI, HEIN ?
Je le savais.
GN
PFUH
ALLEZ, J'ARRIVE.
NE JOUIS PAS AVANT QUE LE BONBON AIT TOTALEMENT FONDU.
④ IL AIME M'EMBÊTER.

J'ENTRE.
HN ♡
UH ♡
どき TODOM
TSH
TSH
TWIP
どき TODOM
UHN
GNN
NYUUP
GGH
BRR
UH...
BRR
IL EST EN MOI. ♡ ♡
BRR

⑤ IL FAIT ATTENTION À SA RÉPUTATION (UN PEU TROP)

⑥ EUH...
AH!
AH! ♡
GN
AAAAH! ♡ ♡
VLAM
SH
SH
TSH
TSH
⑥ ...
UUH ♡
AH! ♡
TSH
UHN
TSH ♡
UHN
UHN
UHN
HA... ♡
UHN
GH
UHN
HNN ♡
UHN
BRRRRRR
⑥ (ELLIPSE)

HAA
ON A JOUI BIEN AVANT QUE LE BONBON FONDE, FINALEMENT.
ENFIN BON.
ROULE
ROULE
NORMAL, ÇA FAISAIT LONGTEMPS.
TIENS, C'EST LE FRUIT DE LA CONNAIS-SANCE.
TU DEVIENDRAS INTELLIGENT SI TU LE MANGES.
AAH
C'EST VRAI ?
OUI, FAIS « AH ».
⑦ IL SE LAISSE FACILEMENT FAIRE.
EN TOUT CAS, JE PEUX DIRE
QUE NOTRE FUTUR EST RADIEUX.
CE SERAIT BIEN QUE T'AIES L'EXAMEN.
NYOUP
FROUSH
FROUSH
OUI.
UN TRIEUR DE POUSSINS AVEC DES CHEVEUX DE POUS-SIN.
DE QUOI ?

■END■

ATTENTION !

Cette bande dessinée est publiée dans son sens de lecture original japonais, les bulles se lisant de droite à gauche.

Vous êtes donc ici à la FIN !

Rakuen

Originally published in Japan in 2016 by TAKESHOBO CO., LTD., Tokyo.
French translation rights arranged with TAKESHOBO CO., LTD. through
TOHAN CORPORATION, Tokyo.

Imprimé en France par Imprimerie Jouve-Print

Dépôt légal à parution
ISBN 978-2-37506-292-0

Directeur de collection : Yves Huchez

Traduction : Margot Maillac
Correction : Fox, Tadpole & Bunny

Conception graphique : Jef.Mod
Adaptation graphique et lettrage : Anne Demars